LE JEUNE BOURREAU

DU MÊME AUTEUR

Le Dernier Soir, Grasset, 2024.

THOMAS MISRACHI

LE JEUNE BOURREAU

BERNARD GRASSET
PARIS

Photo de la bande : JF Paga.

ISBN 978-2-246-84228-6

À mon père, passé et présent

Aux victimes

Il aura vécu sans une once de regret. Pas concerné, le moins du monde, par ses responsabilités. Et par ce qu'il a fait. Ou par ce qu'il n'a pas fait. Ce qu'il n'a pas fait, justement, c'est bien cela le problème. Un bourreau sans potence, sans pendu, sans hache et sans billot. Un bourreau qui s'ignore. Presque pas un bourreau. Un « presque bourreau », voilà ce qu'il est puisque rien ne lui a jamais été reproché. Pas de cris, pas de bruit, pas d'accusations, pas de plainte. Pas de victime ou de scène de crime. Pas de sang sur les mains, pas plus sur les murs. Pas de cadavre, pas d'enquête. Pas d'avocats, pas de procès, pas de tribunaux. Pas de flashs qui crépitent, pas de honte ou d'opprobre public. Pas d'entrefilet dans la presse de bas étage, ou dans la presse tout court. Pas d'amis qui lui tournent le dos, de connaissances qui disparaissent, de gens qui fuient, pas de perte d'emploi, de solitude forcée, de téléphone qui ne sonne plus, de journées qui s'étirent sur le banc d'un parc ou devant le blanc délavé d'un mur, avec comme seule compagnie l'image d'un poste de télévision ou le grésillement de la radio. Pas non plus de spectres pour le hanter ou de nuits sans sommeil. Pas de conscience tourmentée. Pas de ces souvenirs qu'il faut réprimer, de ces images à oublier, les mots, ceux que l'on aurait dû entendre, les marques que l'on aurait dû voir, et qui restent gravées à jamais. Rien de tout cela. Le néant. Le vide. Rien, tout court. Il aura vécu sans se poser de questions, sans fardeau, sans acouphènes, sans silence qui résonne, sans l'écho du malheur, le sien et celui de l'autre, sans avoir à ruminer, à s'interroger, à revenir sur tous ces moments de vie où l'on se dit que l'on paye pour ce que l'on a fait, que finalement ce n'est, peut-être, qu'un juste retour des choses, que ce n'est que justice, que ce doit être normal parce que la vie, c'est comme ça, rien n'est gratuit, personne ne passe à travers, pas tout le temps en tout cas et certainement pas pour ça. Parce qu'il y a « le juste retour des choses » ou la justice divine ou quelque chose comme ça. Il y a toujours « quelque chose comme ça ». Non, pas cette fois, pas dans cette vie, pas pour lui, rien de tout ça. Rien, donc... Il aura vécu sans se rendre compte. Sans s'en soucier. Sans se dire que ne rien faire, c'est encore ce qu'il y a de pire. Sans penser que ne rien faire, dans ce cas, c'est aussi être coupable : même la loi le dit. Sans envisager une seule seconde que l'inaction aussi peut détruire un être à jamais, l'abîmer, le cabosser, détraquer tout ce qui aurait fait de lui ou d'elle une personne équilibrée. Que c'est une vie foutue en l'air. Que c'est cela, la « non-assistance à personne en danger », et que si ça ne l'est pas, ça devrait l'être. Quel que soit le degré de tranquillité de sa conscience, les excuses, le silence ou l'époque. Une vie sans culpabilité donc, sans la moindre gêne, sans le poids du malheur. Une vie à contempler autre chose, par ignorance ou en toute connaissance de cause, par peur d'être entraîné dans la folie des hommes, dans la folie des autres. Une vie passée à se dire que tout passe. Et que l'on oublie, que l'oubli est notre principale force et notre plus terrible faiblesse. On vit mieux quand on oublie, oui, c'est ça, l'oubli ça aide les victimes et leurs bourreaux. Ça n'empêche pas la récidive, mais ça aide. Une vie à regarder ailleurs, pour ne pas avoir à l'affronter, à se demander pourquoi il n'avait pas été là, il n'avait pas vu ou voulu voir, pour ne pas vouloir savoir ses propres faiblesses, même quand on les devine, même quand on les sait, une vie à ne pas affronter ses propres démons. Pas de psychanalyse, il suffit de regarder plus loin. De mettre le malheur et les traumas avec la poussière, sous le tapis. Ou sur le dos des autres. C'est bien, ça, accuser les autres. Après tout, on ne peut pas être responsable de tout ou de tout le monde. Et certainement pas des autres. Les autres, ce sont les autres, et lui c'est lui. Une vie à détourner le regard, le plus loin possible, de ce qui ronge et de ce qui consume, cette culpabilité, ces tourments qui creusent l'âme, une vie à oublier le manque de réaction, et à abandonner sa chair. Et la chair de sa chair. Une faiblesse, même passagère. Un moment d'absence. L'instinct de survie. Se protéger, coûte que coûte. Une vie à ne pas demander pardon. Pourtant, parfois, le pardon, c'est tout ce qu'une victime demande.

Alors comment lui dire ? Comment annoncer une sentence quand on n'est ni juge, ni procureur, ni dieu ? Quel moment, quel lieu, quels mots choisir ? Comment lui signifier, comment lui expliquer, que je savais et que j'avais toujours su ? Comment lui faire comprendre que je n'avais rien oublié, pas le moindre détail. Comment revenir en arrière, comment lui dire que ce passé, ces moments qu'il avait semble-t-il oubliés, j'avais dû vivre avec pendant le restant de mes jours, et qu'il est toujours là, alors que j'écris ces lignes, qu'il va découvrir que son passé a aussi été mon présent, et qu'il l'est encore, un compagnon de route, un fardeau invisible, et que dès que je ferme la porte de mon quotidien, dès que la vie s'efface légèrement comme elle le fait souvent, son secret, son joug, réapparaissent. Ce silence, c'est aussi devenu le mien. Un secret que j'ai partagé avec lui, sans jamais lui avoir dit que je savais qui il était vraiment et ce qu'il avait fait. J'ai un été un témoin silencieux. J'éprouve pour lui parfois une sourde colère et un profond dégoût. Je ressens parfois de la haine. De la haine et de la répugnance pour lui et de la honte pour moi-même et ma faiblesse. Pourquoi n'avais-je jamais réussi à dire quoi que ce soit ? Je pensais que c'était une force. J'avais gardé le silence. Je n'étais pas allé voir un policier ou un magistrat. Je n'avais pas bavé. Ni avec ses amis, ni avec mes proches. Je croyais avoir été fort. C'était tout le contraire. Dire la vérité demande du courage. Et j'en ai toujours manqué. Je me sentais coupable aussi, probablement, complice de l'horreur, complice par omission, complice par incapacité, incapable de faire face aux questions, aux soupçons, aux regards et à la solitude. Je ne voulais pas connaître la crainte et le déshonneur, je ne voulais pas être un traître. Alors je me suis tu. Le silence, en attendant le courage, ou la fatigue, ou que la vérité, par je ne sais quel hasard ou quel miracle, n'éclate d'elle-même. J'aurais alors feint la surprise, le choc et la stupéfaction. J'aurais feint la révolte et l'incompréhension. Quand j'y pense aujourd'hui, je ressens une aversion terrible pour ce que je suis. Cette culpabilité m'a rongé. Elle a noyé ma vie. Elle a rouillé mon âme. Et je n'ai rien fait. Rien. Je me suis caché. Derrière le temps qui passe. En espérant que les souvenirs s'éloignent, s'estompent avant qu'ils ne finissent par disparaître. Mais les souvenirs sont restés, gravés à jamais dans la chair et la mémoire, prêts à ressurgir. J'ai passé des mois à imaginer, à guetter l'instant idoine. J'ai passé des années à me dire que ce n'était pas le moment, qu'il fallait attendre, encore un peu. Ce n'était jamais le bon moment. Je me disais : « Il n'est pas prêt. » Je ne l'étais pas plus. « À quoi bon ? » Il ne pourra pas vivre avec sa culpabilité, avec ce poids, avec ce fardeau, moi je peux. Je peux garder son secret, le supporter, je peux vivre avec, preuve en est : je l'ai fait pendant des décennies, sans jamais plier, sans jamais rompre le silence que je m'étais imposé. Là-dessus, il pouvait me faire confiance. Certes, il y a eu des moments où je me suis vu craquer. Mais je ne l'ai jamais trahi, je l'ai protégé quels que soient le coût, les risques, quoi qu'on dise de moi un jour, à la fin de ce livre, quand j'aurai trahi cet homme, vendu son âme et bradé la mienne. Jamais je n'ai prononcé les mots, jamais à voix haute en tout cas, jamais en présence de quelqu'un d'autre, jamais ils n'ont été écrits, gravés, peints ou sculptés. Pas une fois ils n'ont été rapportés, malgré l'alcool, la drogue, l'envie de les cracher, de dégueuler ou de me libérer. Je l'ai protégé, c'était mon devoir, c'est ce que je considérais. Combien de fois ont-ils voulu fuir, s'échapper de ma bouche ? Combien de fois a-t-il fallu que je les ravale, ces mots, ce poison, combien de fois me suis-je perdu dans la nuit, dans la vie, me suis fait-je mal, ai-je fait mal aux autres, pour supporter cette charge ? Je voulais le sauvegarder, de lui-même et de tous les autres, ces vautours, qui attendaient sa perte, ceux qui auraient hurlé, jugé, pointé du doigt, ri de hargne, crié « à l'échafaud ! », condamné sans comprendre. Je voulais être une muraille entre lui et le monde, son bouclier contre les accusateurs, ceux qui ont la morale haute et le verbe court quand il s'agit de désigner un coupable, ceux qui ont besoin d'une cible, n'importe laquelle, qu'importe laquelle, ceux dont le doigt pointe vite et fort, ceux qui frappent, ceux qui se drapent dans les exploits des autres pour mettre en avant une morale qui leur est étrangère. Je voulais faire barrage à tous ces résistants de la dernière heure, je voulais servir à quelque chose, lui servir à quelque chose. Sinon quel genre de personne est-on ? Comment peut-on se regarder dans un miroir si l'on n'a ni but, ni fonction ? Alors comment le lui dire ? Comment partager mon secret et le mêler au sien ? Comment réagirait-il en lisant ces lignes, est-ce que je le tuerais, moi aussi, d'une certaine manière, deviendrais-je complice et coupable, à double titre, d'abord d'avoir tu ce que je savais et ensuite d'avoir provoqué la mort et la fin et le déshonneur de ce vieillard désormais inoffensif qu'était devenu mon père ?

Nous nous étions éloignés. Des histoires d'argent et d'orgueil. Dans ce tumulte, j'avais découvert qui il était vraiment. Ses réactions, son obstination et sa bêtise. Un autre lui. Loin de ce que j'avais imaginé. Loin de l'image que j'avais de lui, de l'idée que je m'en étais forgée. J'étais tombé de haut. Une chute libre. Je m'étais posé des questions. Je m'étais remis en question. Qui était cet homme que j'avais admiré et que j'avais voulu impressionner ?

Cet homme que j'avais pensé protéger, pour qui j'avais, tout au long de ma vie, voulu faire tant. Il avait été un moteur pour moi, sans même qu'il s'en rende compte. Plus il s'éloignait, plus j'essayais de m'en rapprocher. De l'éblouir, de lui montrer ce dont j'étais capable. C'était peine perdue. Je ne faisais pas le poids. J'étais à sa périphérie, dans le meilleur des cas. Peut-être était-ce à cause de notre secret. Peut-être, pour lui, faisais-je partie de ce silence, et pour l'oublier, il fallait aussi m'oublier. Mais à cela, je ne pensais pas, aveuglé par mon désir de reconnaissance, je me battais, l'air de rien, pour être là, pas trop loin, pas trop près non plus, qu'il puisse se dire que ce n'était pas si mal, finalement, d'avoir quelqu'un comme moi, ça pouvait servir. Une serpillière, ça peut toujours servir. J'étais son homme de main. Son homme de rien. Une compagnie, un servant et un laquais. Le point d'orgue éphémère de sa vie d'avant, il me gardait là, par devoir ou par pitié, par convenance ou par obligation. Comme on garde un chien. Et ça m'allait bien, j'étais resté, coincé entre deux vies. Je n'avais pas eu le choix moi non plus, pas la maturité, pas la force, esclave de ma faiblesse et de l'ordre des choses. C'était une autre époque. Les rapports humains étaient différents, je me dis ça aujourd'hui, ça rend la situation passée plus acceptable. Il y avait des conventions. Tout ne se racontait pas. Tout ne pouvait pas s'entendre. Certains regards imposaient le silence. Les familles avaient encore un honneur et des secrets.

J'admirais sa vision de la vie, sa force de travail, sa volonté d'aller de l'avant, son amour des belles choses, celles que je n'avais pas, que je voulais un jour avoir et dont je profitais parfois en me réjouissant, prétendant être d'un monde dont je ne venais pas, prétendant être quelqu'un que je n'étais pas. Il était ma fenêtre sur cet univers éloigné, sur ces doux rêves. Mes clefs vers l'inaccessible. Il aimait ce qui brillait et j'étais ébloui, c'est comme ça quand on n'a pas grand-chose, la lumière attire et fait fantasmer. Elle aveugle aussi. On aime faire semblant. Se faufiler dans les vies d'autrui, on ne pense pas que l'argent puisse être une prison, et le luxe, une servitude. On imagine la liberté, le pouvoir, la facilité et tout ce qu'il procure. On pense à ce qui manque. On ne pense plus, on envie, on assouvit. Le désir avant tout. Le besoin avant tous. Personne n'imagine à quel point ce peut être le contraire, à quel point cet argent est addictif, nauséabond, mauvais, à quel point il en faut toujours plus et à quel point c'est la seule chose qui finit par compter. Les amis, les maîtresses, les maisons, les voitures, les loisirs, les vêtements, les bijoux, toujours plus. Et puis plus rien, le jour où il n'y a plus rien. Tout disparaît. Tous disparaissent. Mon père le savait. Ces billets négligemment laissés sur les tables des restaurants, ces pourboires glissés dans les mains ou les pochettes des concierges et des chauffeurs et des gardiens et des portiers et des serveurs, les « merci monsieur » que tout le monde entend, les voitures rutilantes, qui font trop de bruit et qui ne se salissent jamais, que l'on change pour le modèle suivant et le modèle suivant et le modèle suivant, les séjours au ski en Suisse, en Autriche ou aux États-Unis ou les week-ends de pêche au gros en Méditerranée. Les rires, les filles qui passent. Les menus qui n'en finissent plus et les vins plus vieux que la plupart des convives, les additions que l'on fait semblant de vouloir s'arracher, le soulagement intérieur quand le montant apparaît sur le papier froissé, ce moment où on l'a échappé belle, où l'on se promet de payer, la prochaine fois… Les anecdotes sur les vacances aux Antilles ou à New York. L'argent est pourvoyeur d'illusions. Un fourvoyeur de raison. Et c'est ce qui comptait pour lui, les apparences. Qu'importe si les billets étaient empruntés, falsifiés, que les additions étaient réglées à crédit ou tout simplement jamais. Qu'importe s'il fallait convaincre les banquiers, les « amis », les huissiers ou la famille. On rembourserait. On était sur un gros coup. Ça allait se faire. C'était imminent. Il y avait toujours une promesse de gloire et de salvation. Il fallait mener grand train. Sa vie était magique, au sens propre du terme, il en était le prestidigitateur. Tout avec rien. Il n'avait rien et pourtant il avait tout ! Un claquement de doigts. Il claquait tout. C'était une grande mascarade. Abracadabra ! Et c'était assumé. Pour lui, la vie était un jeu. Qu'importe les échecs, les faillites, les poches vides, le doute qui étreint puis qui étouffe, la poitrine qui se serre, les difficultés à respirer, les cernes qui se creusent, les traites qui s'accumulent et les insultes qui vont avec. La seule chose qui comptait était de soigner les apparences et de toujours faire bonne figure. Parfois une voiture disparaissait, c'était un vol. Parfois, il rentrait blessé au visage, il avait trébuché. Il racontait avec moult détails le commissariat, la déclaration d'agression ou de vol et l'incrédulité des policiers ou des voyous ivres qu'il avait croisés alors qu'il rentrait tranquillement à la maison et qui s'étaient jetés sur lui, comme ça, pour rien, parce qu'il était là, parce qu'il ne baissait pas les yeux. La violence était décidément partout. Il avait été au mauvais moment au mauvais endroit. Il était allé porter plainte, bien sûr. Des voyous des pays de l'Est. Les frontières étaient devenues poreuses. Notre pays faisait des envieux. Ils s'en prenaient aux honnêtes gens. La France avait changé. Une enquête était en cours. Il serait tenu au courant de son avancée. Les fonctionnaires avaient été bien aimables. Et nous, nous acquiescions, éblouis, pris par son récit, pris par ses mots, ses gestes et notre aveuglement. Nous admirions sa résilience et sa combativité devant tant d'injustice, tant de haine. Et toute cette violence ? Inacceptable ! Cela faisait longtemps que l'État ne faisait plus rien pour protéger les braves gens. Heureusement, lui ne baissait pas les bras. Il pensait à acheter une arme. Au moins serait-il en sécurité. Nous frémissions. Puis, chacun se tapait dans le dos ou remplissait son verre et trinquait au héros du jour, capable de tant de courage, de faire face à tant d'adversité. Qui le croyait vraiment ? Je ne sais pas. Difficile de faire la part des choses. Il avait su construire un univers, le sien. Il avait réussi à nous y entraîner, à nous y noyer. Nous nous y étions perdus. Parce qu'il parlait haut, qu'il parlait fort, parce qu'il avait l'optimisme des fous. Il avait la force des gens qui pensent qu'il y a toujours une solution, même quand c'est terminé, et que les seules échappatoires sont la folie, l'exil ou la mort. Bien sûr, à trop y regarder, à trop le côtoyer, nous voyions aussi ses faiblesses, ses fêlures, nous savions certains de ses échecs, certaines de ses souffrances. Nous devinions sa rage, sa solitude, son désespoir. Ça ne le rendait que plus héroïque à nos yeux. La vie est une tragédie. Il jouait ce rôle à merveille. Nous ne voyions que ce que nous voulions voir. Je le voyais comme je souhaitais le voir. Avec la vision déformée qu'ont parfois les couples qui s'aiment, les enfants pour les parents. Qu'importe si l'amant est un salaud et le père un bon à rien. Qu'importe si la maîtresse est une catin ou la mère la pire qui soit. Quand on aime on ne voit pas. On est aveugle, indifférent à la vérité. On voit le monde tel qu'on l'imagine. C'est un mythe, un bal d'ombres. C'est un reflet et c'est suffisant pour vivre. On se voit, on voit ce que l'on veut imaginer. Je m'étais trompé, évidemment. Il n'était rien de ce que je voulais qu'il soit, rien de l'univers que j'en projetais. Ni un roi, ni un héros. Il en était même tout le contraire. Il était faible. C'était un gourou de pacotille, un promoteur de sa propre existence, qu'il vendait à tous ceux, seuls ou perdus, prêts à acheter un peu de son rêve et un peu de son verbe. C'était un homme banal, sans véritable envergure. Il avait renoncé à ses idéaux pour tenter d'atteindre ceux agités par son propre père. Il avait échoué, il le savait, mais il s'accrochait à ce destin contrarié.

Il vivait recroquevillé sur son passé, ses blessures, ses fêlures et il en avait nourri une colère immense contre le monde, contre lui-même, contre celui qu'il appelait « mon géniteur » et, peut-être, contre moi. Je pensais avoir eu affaire à un seigneur. J'avais découvert un serf. Un homme sans horizon et donc sans espoir. Un être écrasé par la vie, balayé par ses vents contraires. Un autre homme que celui que j'avais imaginé, lisse, sans autre aspérité que le néant. J'avais découvert que je m'étais trompé. J'avais cinquante ans.

Le téléphone se mit à vibrer. L'appareil était posé sur mon bureau. J'écrivais, un casque sur les oreilles, l'émission sur laquelle j'étais en train de travailler. Sur mon écran, le numéro débutait par un « 03 ». Inconnu au bataillon. J'ai hésité à répondre. Puis j'ai posé mon doigt – distrait – en le faisant glisser sur le verre vers la droite, presque malgré moi. Pourquoi ai-je décroché ? Je ne le sais toujours pas. L'instinct ? La fatigue ? L'ennui ? Je ne décroche jamais quand je ne connais pas le numéro de téléphone qui s'affiche. Je ne réponds pas non plus aux numéros masqués. Quand c'est important, les gens laissent toujours un message. Ils rappellent. Ils envoient un message. Ceux à qui je réponds, ceux à qui j'ai envie ou besoin de parler sont enregistrés dans mes contacts téléphoniques. Les autres démarchent ou se trompent ou recherchent quelque chose que je ne suis pas en mesure de leur procurer. Alors je ne réponds pas, c'est une habitude, une ligne de conduite que je me suis fixée, une règle. Je l'ai pourtant enfreinte ce jour-là, parce que la vie parfois, c'est comme ça. Il y a des imprévus, des choses que l'on ne maîtrise pas, c'est le hasard ou le destin, je ne sais pas, mais on n'y peut rien. Alors on décroche. Je n'ai pas répondu tout de suite. Il fallait que je mette mes écouteurs. À l'autre bout de la ligne, la voix était déjà là, en demande, en attente :

« Allô ? Allô ? Bonjour… »

« Bonjour… »

« Bonjour monsieur Misrachi ? »

« Oui. »

« Bonjour, je suis le docteur Martin, je suis chef de service au CH de Remiremont… »

« Oui… »

« Je vous appelle… Je suis spécialiste de chirurgie viscérale et digestive, je vous appelle parce que Roger… »

« Je sais pourquoi vous m'appelez. Comment va-t-il ? »

« Vous… Vous vous souvenez ? Il avait… »

« Oui… Il avait quoi ? »

« Il avait peur que vous ne vous souveniez pas. Ou que vous ne décrochiez pas votre téléphone. Il m'a dit qu'il vaudrait mieux me servir du sien, que ça serait mieux, parce que vous ne décrochez pas quand c'est un numéro inconnu qui s'affiche. »

« Il vous a dit ça ? Que lui arrive-t-il ? »

« Il… Il va mourir monsieur. Pardon d'être aussi abrupt. Il va mourir et il a demandé que l'on vous appelle. »

« Merci d'avoir fait passer le message. Vous ne m'avez pas répondu. Comment va-t-il ? »

« Vous souhaitez une réponse médicale ? Un diagnostic ou une évaluation plus personnelle ? »

« Je ne sais pas… Je veux simplement avoir une idée de ce à quoi je dois m'attendre. »

« Je ne peux pas vous donner de détails médicaux trop précis. Mais… C'est quelqu'un qui meurt. Et qui a besoin de dire au revoir. Il n'en a que pour quelques jours, peut-être un peu plus. Si tout va bien. »

Je trouvais cette phrase étrange. Cette formulation absurde. Quelques jours ou un peu plus, « si tout va bien ». Elle disait le diagnostic. Et ce qui nous attendait, lui et moi.

« Il m'a aussi raconté que… »

« Je vois, merci docteur. »

« Je… Je vous en prie. Je dois lui dire quelque chose ? »

Je ne savais pas quoi lui répondre. Il reprit.

« Je peux lui dire que nous nous sommes parlé ? »

« Dites-lui ce que vous voulez, docteur. »

« Bien monsieur, mais voyez-vous… »

« Je vois, docteur, je vois, mais… Je suis au travail, pardon, je ne veux apparaître impoli mais je ne peux pas poursuivre cette conversation ici. Je dois raccrocher, dites-lui ce que bon vous semble, bonne journée. »

« Bien… Je n'insiste pas. Au revoir monsieur. »

J'ai raccroché. Sonné. Curieux. L'échange tournait en boucle dans ma tête. Je ne voyais rien du tout. Je ne voyais surtout pas pourquoi, après des années de silence en pointillé, il voulait me revoir. Ce qu'il pouvait bien avoir à me dire. Était-il seul à ce point ? Avait-il brûlé son entourage, ses amis, sa famille, comme il avait brûlé sa vie ? Je ne savais pas non plus si j'en avais envie. Si j'en avais la force. Si je voulais ou si je devais replonger dans tout cela. Je ne savais pas à quoi cette ultime rencontre pouvait bien servir. À alléger sa conscience, à se débarrasser de ses derniers démons, à s'excuser ? Ceux qui meurent ne s'excusent pas. Ils se libèrent, se lavent, se vident, vomissent leurs regrets, leurs fautes et leur honte en espérant une rédemption. Ils tremblent devant les fables de Dieu et les récits du diable qui les ont nourris depuis l'enfance, et qui resurgissent, devant les enfers dont ils se sont moqués quand ils regardaient la vie de haut et, désormais allongés et impuissants, qu'ils contemplent, terrorisés, avec la peur de ceux qui n'ont pas vu le temps passer, de ceux qui ont oublié les heures et les années, noyés dans leur propre tourbillon, de ceux qui ont ri des menaces, craché sur leurs promesses, fait fi des commandements. Ils savent ce qu'ils auraient dû faire et ce qu'ils ont fait. Comment ils auraient dû vivre et comment ils ont vécu. Et ils ont peur. Une peur bleue. Rongés par la honte et le blasphème, les coups, les mensonges, les trahisons, les jalousies et les mesquineries. C'est le moment où ils regrettent. Il y aurait trop à dire, trop de prières à réciter, trop à faire. Ils n'ont plus le temps. Les enfers prennent forme, tentaculaires, viennent lécher leurs âmes et leurs consciences. Ils tentent de se convaincre que la balance penche en leur faveur, qu'ils n'ont pas tout raté, qu'ils n'ont pas été aussi mauvais, aussi méchants, aussi terribles que ça. Que ça va passer, ça va passer juste, une dernière fois, mais que ça va passer… Ils se rassurent comme ils le peuvent. C'est le temps où l'on est prêt à tout, où les tourments de l'âme sont oubliés, où l'on accepte les lois divines, où on les embrasse et où on les adopte. C'est le moment de l'épiphanie, de la conversion, le moment où l'on renonce à tout, à soi y compris. C'est le moment où l'humilité remplace l'arrogance, l'amour remplace la haine, c'est le moment où l'on comprend que c'est trop tard. Et ça l'était. Moi non plus, je n'avais rien oublié.

Il y a plein de bonnes raisons pour revenir. Elles sont toutes mauvaises. La curiosité, le défi, le besoin de savoir, de se confronter. Ou l'absence. On ne guérit jamais de certaines blessures. Le vide ronge. On ne se débarrasse jamais entièrement des démons, de ses cicatrices, de la douleur et du fracas. L'enfance ne s'efface jamais. Elle se dilue dans la vie, dans le meilleur des cas. Revient-on pour voir si l'on souffre toujours de ce syndrome, celui de Stockholm, celui où la peine se mue en affection, la pénitence en amour, l'abus en salut ? Ou est-ce le besoin d'autre chose ? La curiosité. L'âge. La nécessité de se protéger. La haine. Je suis parti parce que je n'avais pas le choix. J'ai dû partir quand j'ai vu à qui j'avais vraiment affaire. La prise de conscience a été brutale, d'une violence extrême. Un mur en pleine face. Un monde qui s'écroule. Et derrière, plus de boussole, plus de mode d'emploi, plus de modèle, plus rien. Je suis parti nu, seul, plein de rancœur, de griefs et d'étonnement et de déception face à mes propres faiblesses. Moi qui me croyais fort, moi qui me pensais construit, capable de tout digérer, de tout affronter, j'étais sidéré par cette faille ultime que je n'avais pas su déceler. J'avais été faible. J'étais faible. Et j'avais dû fuir. J'aimerais pouvoir dire que je suis parti parce que c'était la meilleure des choses à faire, parce que c'était ce qu'il y avait de plus raisonnable, de plus juste, mais non… J'ai juste fui. J'ai fui avec toute la force qu'il me restait, j'ai fui à en perdre haleine, sans me retourner, sans demander mon reste. J'ai fui parce que j'ai pu, en une seconde, trouver le courage, l'énergie et la raison nécessaires pour le faire. J'ai fui pour ne pas crever, parce que je n'avais plus ni la force ni la bravoure d'affronter cet homme, et notre secret. J'ai fui par lâcheté, par épuisement, par dégoût et par peur. Peur de ce que j'étais en train de devenir, peur de ce que je pourrais dire ou de ce que je pourrais faire. J'ai fui parce que je suis de ceux qui tournent le dos. On ne fera jamais de moi un héros. Je ne tends pas la deuxième joue, je ne soutiens pas le regard, j'abandonne, je m'abandonne à la domination, la colère, la noirceur et la bêtise de l'autre. Je m'en vais et je laisse tout cela derrière moi. J'aurais aimé être quelqu'un qui riposte et qui rend coup pour coup, quelqu'un qui ne lâche rien, jamais, et qui tire de cette volonté un plaisir immense, une satisfaction sans égale. J'aurais aimé savoir me battre, les yeux injectés de sang, lui faire regretter, les coups, la parole ou l'humiliation. J'aurais aimé être ce salaud-là, celui qui broie, qui piétine, qui maltraite et qui marque à jamais les faibles et tous ceux qui ne veulent pas ou ne peuvent pas lui mettre leurs poings dans la gueule, tous ceux qui se laissent faire, parce que c'est la moins mauvaise des solutions, parce qu'ils n'ont pas d'autre solution, parce qu'ils sont condamnés à subir, à haïr et à encaisser. Il faut parfois être fort pour être faible. Endurer n'est pas simple. Jamais. Être une victime est un apprentissage. Un processus lent et laborieux. Une histoire sans fin, souvent une condamnation à perpétuité. On ne naît pas victime, on le devient, doucement, sûrement, irrévocablement, irrémédiablement. On apprend à l'être, à l'accepter, parce que la victime pense qu'il n'y a pas d'autre choix. Qu'elle a sa part de responsabilité. Qu'elle mérite sa condition. Alors elle glisse. Lentement, vers ce qui va faire d'elle ce qu'elle pense être. Elle se glisse dans sa condition, elle apprend à souffrir, à encaisser, à se faire malmener, elle s'habitue à tout, aux mauvais regards, aux menaces, elle apprend les humiliations, les coups, elle apprend à ne pas trop répondre, à redresser la tête, juste ce qu'il faut, pas plus. Subir est un art. Tout le monde ne tient pas. Certaines victimes, c'est un lieu commun, deviennent des bourreaux. Et font ce qu'elles savent. Elles asservissent, elles terrorisent et en retirent une forme d'accomplissement, de jouissance. Elles ont tant souffert, il faut les comprendre, ces pauvres âmes, ces destins contrariés, ces vies broyées. Des histoires pour les cours d'assises, qu'elles soient dans le box des accusés ou du côté des plaignants, voilà ce que sont ces victimes. Mais tout le monde ne termine pas dans un tribunal. Il y a aussi la possibilité d'arrêter, de mettre fin au cycle ou de fuir. La possibilité de vivre. D'éviter l'affrontement, l'affront, toujours, une victime peut aussi partir, même si c'est long, même si c'est douloureux, même si ça fait peur, même si sa vie, aussi misérable soit-elle, est tout ce qu'elle a, tout ce qu'elle connaît. Même si ce quotidien d'horreur est son seul univers, son seul équilibre, les explications de son bourreau, les seules qu'elle entende et toujours les mêmes : que tout cela est pour son bien. Que tout cela ne l'amuse pas non plus, lui, le cogneur. Que les coups, les gifles, les brûlures, les humiliations, les strangulations, les simulations de noyade, de défenestration, le goût métallique du sang, les genoux qui font mal à force d'être écrasés, les questions et les réprimandes et les yeux noircis et les bras jaunis et les jambes bleuies, un arc-en-ciel de douleur qui jamais ne disparaît, qui saute d'un bras à l'autre, d'une cuisse au tibia, du ventre au visage, que tout cela c'est à cause d'elle, la victime, à cause d'elle qu'il boit trop, qu'il gueule trop, qu'il tape trop. Qu'elle a tout fait pour le mettre en colère, pour attiser sa haine, on dirait qu'elle le fait exprès, qu'elle aime ça, qu'elle veut cette rage, qu'elle n'attend que ça, qu'elle est là pour ça. À se demander lequel des deux est la victime. Et puis quoi ? Si c'est si dur, elle n'a qu'à partir, la victime, elle n'a qu'à se casser, pourquoi elle reste, c'est bien qu'elle aime ça, qu'elle y trouve son compte, mais si elle décidait de partir, attention, il faudrait réfléchir, il faudrait courir vite et il faudrait courir loin et bien se cacher. Parce que lui ne changerait pas. Lui c'est le prédateur, il irait la chercher, et c'est difficile de partir, et il le sait, difficile de le quitter, il le sait, parce que la victime est une accro à sa condition, accro aux coups, à lui, à sa vie de merde, qu'elle n'a pas les nerfs, pas la colonne vertébrale qu'il aimerait bien briser parfois, pas les clefs, qu'elle n'a pas les codes ou qu'elle n'a pas d'endroit où aller et que quand bien même, ce n'est pas ça le problème, le problème c'est qu'elle est la victime. Il suffit pourtant de l'ombre d'un répit, d'un moment d'inattention. D'une porte entrouverte. Il suffit d'un souffle. Il suffit de ne plus suffisamment être frappé, humilié, menacé, violé. Il suffit d'une seconde pour que tout redevienne possible. Alors c'est ce que j'ai fait. J'ai fui parce que la porte était mal fermée, parce que j'ai été cette victime et qu'au fond de moi, j'en serai toujours une. J'ai fui parce que c'est ce que nous faisons, nous les victimes, même quand on reste, même quand on se bat, même quand on se noie. Fuir, pour vivre, vivre en fuyant, la mort, celle qu'on veut nous donner, celle que nous pourrions provoquer. La fuite est une seconde nature. On l'apprend très tôt. C'est le retour qui est difficile à expliquer. Et pourquoi, dans cette histoire, revenir était plus qu'une évidence, c'était une nécessité.

Mon père était parti pour tout autre chose. Trop jeune, trop vite, trop tôt, trop d'envies, trop de responsabilités, de contraintes, d'ordres, d'obligations, pas assez d'envies, pas assez responsable, pas ce qu'il imaginait ou pas assez d'années au compteur pour comprendre : il y a des choses qui restent, quoi qu'on fasse. Il y a des choses qui ne s'effacent jamais mais on ne le sait qu'après. Il n'en était pas là, dévoré par l'époque, les perspectives. Les regrets, s'il devait en avoir, ce serait pour plus tard. Il en faudrait. Il en était persuadé. Une vie sans regrets n'était qu'à moitié vécue. Alors il fallait vivre, mal, vite, fort, violemment sans prendre garde, ni aux autres ni à la vie, il fallait vivre sans tarder, sans penser, sans hésiter. Il fallait qu'il rompe avec son milieu, qu'il brise ses chaînes, c'est ce qui se faisait à l'époque, qu'il quitte le foyer d'où il venait, ses parents, ce long et douloureux étouffement, ces années d'empêchement, peu importe la sortie, la route et ce qui pouvait advenir. Fuir le passé était plus important que préparer l'avenir. C'était un temps où l'émancipation passait par la rupture. Il fallait partir, casser, fracasser. Le juste milieu n'existait pas. Évidemment, les choses n'étaient pas aussi nettes, jamais aussi franches, pas aussi simples, devant les autres, les mots étaient durs, virils, définitifs, les intentions étaient radicales, intransigeantes, dans la réalité, la rupture était souvent plus graduelle. Plus douce. Les parents et leur portefeuille jamais très loin. C'était une liberté surveillée. On rallongeait la laisse. On faisait mine de s'inquiéter, de fustiger l'époque et la jeunesse et les communistes, mais l'ordre n'était pas ébranlé. Le nouvel appartement n'était pas très loin. Le métier, souvent dans l'entreprise familiale, ou celle où le père travaillait, ou celle des amis ou celle des amis d'amis. Les déjeuners du dimanche n'avaient pas disparu, ni l'autorité paternelle, qui rythmait la vie de famille et les décisions prises, les rituels aussi, comme les coups de fil quotidien à la mère les vacances ou les Noëls en famille. En fait, malgré ce que mon père pensait, malgré ce qu'il pouvait dire, il n'était jamais vraiment parti. Jusqu'à ce que l'accident arrive. Et qu'il devienne père à son tour.

Sa paternité, le peu qu'il en avait connu, il l'avait vécue comme une prison. Alors il s'en était échappé. Il avait vite compris qu'il n'était pas fait pour ça. Pas pour cette vie-là. Pas lui. Pas comme ça. Il avait vite compris qu'on lui avait menti, sur tout. Parce que c'est ce que l'on faisait à l'époque. On mentait sur la vie, ses obligations et ses bonheurs. Après la guerre, vivre était suffisant, l'absence de malheur était, en soi, suffisante. C'est comme cela qu'il avait été éduqué. À la dure. On disait ça comme cela à l'époque, « à la dure », même si sa vie ne l'avait jamais vraiment été. Son éducation, il l'avait reçue de gens qui avaient souffert. Pour eux, pas besoin de bonheur. Il suffisait de vivre pour être heureux. Un jour sans bombardements, sans rafles ou sans rationnements, et on devait en être reconnaissant, il le fallait, parce qu'on avait échappé aux bombes, aux Allemands et à la police française. Mon père avait été éduqué comme cela, il avait grandi avec ça. Être reconnaissant, de tout, tout le temps. Parce qu'il avait eu de la chance. Dire merci, pour les vingt-quatre heures écoulées. Se contenter de peu, c'était déjà beaucoup. Dans ces conditions, pour ses parents, avoir un enfant était plus qu'une règle, c'était un devoir, une garantie d'épanouissement, une famille, pour la sienne, c'était une marque de réussite. On devenait père comme on entre dans l'âge adulte, c'était un ancrage, un gage, de maturité, de solidité et d'intégration, un signal envoyé à la société, une manière de montrer que l'on avait compris. Être père, c'était un cap. Mais pour lui, ça ne s'est pas passé comme ça. La vie, les règles, la paternité l'ont terrorisé. Il a eu peur en un instant. Peur de ne pas être un bon père. De ne pas être à la hauteur, de ne pas faire aussi bien que son père, qui pourtant n'avait pas fait grand-chose, de ne pas aimer cet enfant, comme lui ne l'avait pas été, ou comme il pensait ne pas l'avoir été. Peur de ne pas savoir que dire à cet enfant, de ne pas savoir que faire, peur que ça ne l'intéresse pas. Peur d'être du côté des gens aux yeux cernés, qui ont perdu et l'envie et l'espoir et le sourire, qui n'ont plus de vie que celle qui les enferme, celle pour laquelle on doit rentrer le soir, celle à cause de laquelle on ne rentre plus le soir. Cette vie de ceux qui racontent que tout va bien, qu'un enfant, c'est merveilleux. Il ne voulait pas être comme eux, il a eu peur de ne plus pouvoir aimer, rire et baiser. Il a eu peur que la vie s'arrête. Que tout ce qui reste dorénavant, ce soient des souvenirs. Et des souvenirs de souvenirs, déformés par le temps, la nostalgie et l'alcool. Il a eu peur d'une vie faite de couches et de merde et de biberons de tétines et de poussettes, une vie de vacances sur un calendrier, d'agenda à caler, de répétitions, de répétitions, de répétitions, de regards compatissants, ou de regards complices, ceux de tous ceux autour qu'il voyait sombrer. Ils avaient cédé. Ils avaient arrêté de se battre. Leurs cœurs avaient arrêté de battre. Ils étaient devenus pères, maris, chiants, pauvres, comme leurs parents. Ils étaient devenus des ombres, hommes et femmes enchaînés, emprisonnés, ils s'étaient doucement anéantis, leurs couples s'étaient disloqués, les hommes avaient tout perdu, les femmes étaient devenues des mères, leurs mères, jamais contentes, jamais satisfaites, toujours jalouses, pour un oui pour un non ou pour un rien, leurs compagnes étaient devenues des étrangères, des ennemis parfois, la princesse s'était transformée en courge et son carrosse en citrouille... Les femmes aussi avaient déchanté : leurs maris étaient devenus des médiocres, des comptables, des menteurs, des paresseux, des égoïstes, des alcooliques, et à l'occasion, des violeurs. L'époque était à la soumission et au devoir conjugal. Leur panache, leurs rêves, leurs promesses avaient disparu, avalés par des emplois minables et un quotidien sans fin. Leurs horaires de travail s'étaient allongés, ils disparaissaient, ils avaient de nouveaux amis qu'elles ne connaissaient pas... Elles ne les supportaient plus. Leurs remarques, leurs tenues, leurs manies, leurs odeurs. Le couple s'était transformé en prison. Fini la passion, les soirées folles, le cœur qui bat, la liberté ou rien suffisait à tout ou quand il ne se passait rien, c'était déjà suffisant, la présence de l'autre était tout ce qu'il fallait, quel que soit le décor, le bruit, le silence, la lumière, l'obscurité ou les gens autour. Il ne voulait ni d'une cage ni d'une cellule. Il ne voulait pas d'un amour fait d'habitudes et de renoncements, de déjeuners le dimanche et de repas de Noël. Il ne voulait pas de cet amour trop rapide, imposé par un enfant qui n'était ni prévu ni voulu et qui était venu d'on ne sait d'où, on ne sait comment et qui avait tout bouleversé. Il ne voulait pas d'une vie sans issue, d'une vie à la périphérie, on y vit mal en périphérie, on y vit loin de tout, parfois même loin de soi. Il ne voulait pas d'un enfant si vite, pas d'un fardeau si tôt. Il avait peur de devenir con, con comme les autres, con et malheureux. Il avait peur de ne plus vivre, d'à peine pouvoir survivre. Et la peur, ça façonne. C'est pour cela qu'il était parti. C'est pour cette raison qu'il avait tout planté, tout plaqué, qu'il avait claqué la porte, dès qu'il avait pu. C'est pour cela qu'il avait recommencé sa vie, ailleurs, qu'il en avait choisi une autre, plus loin, plus belle, la sienne, rien que la sienne et seulement la sienne, même si c'était exactement la même. Il ne lui fallut que quelques mois pour le comprendre.

De Paris, c'est une longue et morne route qui emmène à Remiremont. Un chemin laborieux, qui part vers l'est. Une autoroute sans âme. Une quatre voies, deux dans un sens, deux dans l'autre, sans aucun autre fait notable. Une portée, avec pour seules notes des stations essence, des restaurants de plats préparés et des aires d'autoroute, refuges de routiers épuisés, de prostituées exploitées, ou de touristes éprouvant le besoin d'uriner. Une longue balafre grisâtre. Comme toutes celles qui abîment les paysages de France au nom du progrès et de la vitesse. Un couloir sombre sous un plafond de gris où les noms de communes se succèdent et s'annulent : Brie-Comte-Robert, Le Châtelet-en-Brie, Montereau-Fault-Yonne, Villeneuve-l'Archevêque, Troyes, Ville-sous-la-Ferté, Val-de-Meuse, Breuvannes-en-Bassigny, Bulgnéville, Vittel, Dompaire, des villes qui défilent, invisibles, insaisissables, derrière les panneaux, derrière la brume, derrière les arbres et les champs et les collines, les vallons et les camions qui filent en sens inverse, jusqu'à la nausée, jusqu'à Épinal, et jusqu'à la Moselle, sombre et paresseuse, qu'il faut alors suivre pour arriver à destination, et découvrir « la belle des Vosges », promesse pompeuse et non tenue, d'une agglomération basse et terne, déchirée par un affluent du Rhin et cousine lointaine et vosgienne d'une légende américaine ; de la capitale, c'est par la route soixante-six que l'on arrive à Remiremont. Là où mon père avait décidé de retourner vivre. Dans cette ville qui ne lui avait pourtant jamais rien donné d'autre que de longs moments de solitude. Une ville perdue entre vals et forêts. Le centre de rien. La périphérie de tout. Le contraire de ce qu'il avait espéré, ce qui l'avait effrayé. Une petite ville, ni belle, ni moche, ni rien. Une ville avec une abbaye et un hôpital. Un centre administratif et une piscine. Une ville où l'on naît mais où l'on ne va pas. À moins d'être du coin. À moins d'être perdu. Ou de vouloir se perdre. C'est peut-être ce qui avait motivé son choix. À l'âge où l'on recherche l'éclat du soleil et la douce chaleur, il s'était enfermé sous les nuages et dans les vallons de l'Est. Une région fermée, qui avait servi de muraille. Une région austère de forêts et d'ombres. De cimes et de cours d'eau. Un endroit qui avale les âmes et les hommes. Où les étrangers sont regardés comme tels. Il y était allé pour se faire oublier. Peut-être aussi pour se faire pardonner. Pour payer une dette à ces murs ternes et à ces rues sans éclat. Cette ville pour lui avait été un lieu de repentance, c'était un terrier, une planque. Il s'y était mis à l'abri, au vert, bousculé par le tumulte du monde et d'une époque qu'il n'avait pas réussi à dompter. Une époque qui avait fini par le broyer, lui et tous ses semblables, flambeurs et hâbleurs et naïfs, bercés par l'illusion de l'argent facile, de piscines chauffées, de whisky japonais et de cigares cubains, il y avait quitté la lumière du monde et de ses illusions. Parce que tout se paye. Ou presque. Il ne lui restait rien de ce qu'il avait connu. Fini les fastes et les frasques et la lumière et le soleil et l'insouciance. Il avait tout perdu. C'étaient les années quatre-vingt et d'un coup, pour des gens comme lui, tout paraissait facile. Il n'y avait qu'à se baisser pour ramasser. Il fallait se servir. C'était marche ou crève. Et il n'avait pas l'intention de crever, il y avait certainement cru. Et il s'était trompé. Il s'était brûlé les ailes. Il avait dû fuir. Il avait dû s'enfuir. Partir dans un endroit où le passé n'existait pas, où les souvenirs étaient à construire et où les esprits ne rôdaient pas. Remiremont : le simple fait de s'y rendre était un chemin de croix. Une longue route de bitume et d'ennui. Une route faite de variations de gris et de blancs, de gris et de blancs, de cubes et de rectangles, à l'infini, que l'on regarde disparaître et réapparaître, disparaître et réapparaître, séparées et alignées, qui s'unissent et s'éloignent, et finissent par ne former qu'une longue trace monocorde. À l'image de ce qu'était devenue sa vie.

À partir de cet instant, le temps a disparu. Il n'avait plus de prise sur les événements. Plus de prise sur moi, plus de prise sur rien. Combien d'heures ou de jours suis-je parti de Paris – cela n'avait plus aucune importance, je n'étais plus en mesure de m'en apercevoir. Un jour, une semaine, un mois, ce n'était plus ce qui comptait. Combien de temps suis-je resté à arpenter les couloirs de ce bâtiment froid et surchauffé, combien de cafés allongés lyophilisés sans sucre, de paquets de madeleines, ou de gaufres belges trop sucrées, combien d'allers-retours aux toilettes, de regards échangés, de douleur dans le dos, de fourmis dans les jambes, les bras, les mains, d'aubes et de crépuscules ou d'heures de mauvais sommeil, tout cela ne se compte plus. Je suis entré dans une bulle, plus rien n'existait en dehors. Plus rien n'existait d'autre qu'un seul et unique instant, l'instant présent. Ma vie n'avançait plus, elle était délinéarisée, immatérielle, relative. Elle allait se compter en mots, en phrases, plus en minutes ou en secondes. J'en sortais, pour la contempler, pour lui faire face. J'étais face à ces décennies de silence, de doutes et de questions, et j'allais devoir la regarder droit dans les yeux, pour pouvoir reprendre le cours des choses, me débarrasser du secret et de son poids, et de la culpabilité et de la honte. Ce face-à-face prendrait le temps qu'il faudrait et je pensais y être prêt. J'observais cette vie au loin, distante, comme une ligne circulaire, sa linéarité, ses aspérités, comme si tout avait mené à ce jour, chaque décision, chaque parole, comme si tout devait mener à ce moment, à cet instant où je fis le choix de partir et de me confronter à moi-même. Comme si toute ma vie ne se définissait que pour maintenant, et juste maintenant, un espace sans temps, que tout m'avait conduit ici, sans que j'y pense, sans que j'y prenne garde, sans que je m'en rende compte. Une forme de destin déjà tout tracé. Je savais que c'était absurde et que c'était impossible, et que le temps ne s'arrêtait pas. Je savais qu'on ne résumait pas une vie à ses choix, que rien n'est écrit, jamais. Je savais aussi qu'il fallait aller de l'avant, que cette décision devait être prise et qu'en quelque sorte, c'était la seule façon d'avancer. J'entrais dans une nouvelle dimension. Un moment qui définit un homme et une vie, même si c'est un saut dans le vide, même si on ne sait pas ce qu'il y a en bas, même si l'on saute contraint, même si on ne sait pas combien de temps la chute va durer, si c'est vraiment une chute et si l'on va finir broyé, anéanti par les lois de la physique élémentaire. À cet instant, tout semble aller au ralenti, ou en accéléré, le temps ne se compte plus, il se fige, il passe au second plan. C'est le moment où chaque seconde dure une éternité et chaque vie une seconde. Demander combien de temps j'ai mis pour arriver à Remiremont, combien de temps ont duré les quatre heures quinze minutes de route, combien de temps j'ai mis à trouver le chemin de l'hôpital, je me suis garé, je suis resté dans ma voiture de location sans bouger sur le parking du centre hospitalier, combien de temps j'ai marché pour pénétrer dans la bâtisse, le temps que j'ai attendu avant de pouvoir parler à quelqu'un, que la personne trouve les informations avant de me répondre, combien de fois j'ai entendu le téléphone du standard sonner, les portes automatiques s'ouvrir et se fermer, combien de gens courir, de blouses blanches, de mines blafardes, de sirènes, de râles de cris, de moments de vide, combien de temps il a fallu pour que je trouve le bon couloir, le bon ascenseur, le bon étage, pour y monter, et pour trouver la bonne chambre, lisant sur chaque coin de mur les noms des patients qui s'y affichaient sur des étiquettes écornées, imaginant derrière chaque porte des vies, des morts et des visages, combien de temps je suis resté devant la porte, cette porte, une porte bleue, combien de temps mon bras a mis pour se lever, combien de temps ma main a mis avant d'aller au contact de la paroi, de taper sèchement, combien de coups sur la porte, combien de pas dans mon dos et de regards sur ma nuque, combien de secondes j'ai effacé en découvrant les machines, les tubes, les fleurs fanées, l'odeur, la couverture par terre, la lumière, la pénombre et ce reste d'homme, jeté à bas, à moitié nu, à moitié vivant, sur ce lit médicalisé, coincé par un drap froissé et deux barrières en inox, la tête et les pieds légèrement relevés, antichambre d'une morgue, d'un cercueil capitonné ou d'un cimetière, austère, et d'un monde où le temps s'arrêterait pour de bon et pour l'éternité.

C'est une bâtisse crème, haute et sans âme. Un bâtiment des années soixante-dix. Arrogant. L'époque confondait encore progrès et bonheur, avenir et espoir. Un bloc rectangulaire imposant. Avec son gazon, ses arbres et son mur de pierre. On peut y lire « Centre hospitalier », en grosses lettres, détachées, certainement pour éviter toute déconvenue ou toute confusion. C'est un bâtiment bien conçu mais mal pensé, assez laid, qui ne durera pas, ou qui a assez duré, on y voit déjà les traces du temps, de l'humidité et de la négligence. Un établissement pour recevoir du public. Une bâtisse faite à coup de normes, de règles et de fonctionnalités, c'est de l'anti-architecture, du béton pour être utile, du placo hydrofuge, des couloirs de peintures intumescentes et des fenêtres normées, dotées d'allèges vitrées, d'un vitrage de sécurité renforcée et d'un limiteur d'ouverture. C'est ce que préconise la réglementation en la matière, curieusement quasi inexistante et assez vague. Il faut penser pratique, normatif, budget, l'État fait ce qu'il peut. C'est peu, mais c'est déjà beaucoup. C'est un bâtiment fait de chiffres et de lettres, de codes, d'acronymes et de couleurs criardes, qui démarquent les ailes, les services, les étages, des couloirs, qui se ressemblent tous, assaillis par le bruit des Crocs des portes et le grincement des roues des brancards, un bâtiment fait d'ascenseurs lents, à la lumière blafarde, qui craquent et qui peinent entre chaque numéro, de chaises, en plastique et en mousse, en acier et en bois, et des bancs qui supportent l'angoisse, les familles ou les proches épuisés, leurs peurs, leurs peines, leur tristesse et leur manque de sommeil, une arche d'odeurs qui piquent et qui grattent, des odeurs de trop propre qui tuent l'air et les microbes, des produits nettoyants, désinfectants, de seaux remplis d'eau lessiveuse et vaguement mousseuse et de serpillières grisâtres et fatiguées, un royaume d'affichettes de services, de menaces et de revendications, de consignes d'hygiène, de rappels de tout ordre, des recommandations, des mises en garde, contre les virus, les infections, les épidémies, de posters écornés, légèrement déchirés, pour la santé et le bien-être de tous, de gens souriants dans leurs lits, de grands-parents heureux d'être là, d'infirmières attentives et de docteurs compatissants, blouses blanches immaculées, stéthoscope rutilant et lunettes sur le nez, un immeuble de faux-semblants, où tout va bien, où tout va bien se passer malgré les cœurs qui s'arrêtent, les crânes enfoncés, les os broyés, les overdoses et les crabes qui bouffent tout, une aire de distributeurs rectangulaires et transparents, pour parer au plus pressé, aux jours et aux nuits qui s'étirent, pour aider ceux qui ne veulent pas partir, pas rentrer chez eux, qui ont peur de quitter le blessé, l'atrophié, le mourant, le naissant, comme si leur présence changeait les choses, réparait les âmes, les comas et les bras cassés, un îlot de boissons en poudre, chaudes, froides, gazeuses, trop sucrées, des sandwichs triangles, des sandwichs baguettes faits de pain mou, de crudités congelées, de mayonnaise chimique et de poulet ou de jambon froid et industriel, de barres chocolatées, de bonbons et de viennoiseries entièrement empaquetés dans des emballages plastique colorés prêts à être jetés dans le fond d'un bac sale pour quelques pièces de monnaie. De la merde qui nourrit l'époque. Des aliments dont la date de péremption se compte en heures, sans goût, sans saveur, sans odeur, faits pour tromper l'ennui, l'anxiété et les estomacs, ceux-là mêmes qui, surconsommés, amèneraient chacun et tous dans ce bâtiment, mais de l'autre côté de la cloison, dans un lit, avec des piluliers, des tubes et des machines, leur ronronnement rassurant, leur bruit tamisé, leurs chiffres clignotants, indéchiffrables, électroniques et réguliers, leurs lignes éphémères, zigzags de lumière, les chariots qui transportent la soupe et les seringues, les yaourts, les pailles, les poches et les pansements, tout ce qui permet cette drôle de vie allongée, évidemment « drôle », ce n'est pas le bon mot, il faudrait en trouver un autre, rien n'est « drôle » ici, il faudrait crier pour que ça s'arrête ou qu'on puisse sortir de là, vite, très vite, mais c'est un hôpital et personne ne l'accepterait, puisque ici, tout est fait pour soigner, pour remettre sur pied, pour sauver, et la douleur n'existe pas, pas dans la médecine pratiquée, pas dans les protocoles modernes, non, on panse, on colmate, on soulage, on endort, on réanime, on redonne vie, quelle qu'elle soit. Il ne faut rien attendre de moins. Rien de plus, non plus. C'est un bâtiment fait pour être efficace, fonctionnel, il ne sert à rien d'autre. Un lieu où l'on répare, dans le meilleur des cas. Un lieu où se terminent les histoires, dans tous les autres cas. Personne n'y reste. Et ceux qui le font vont jusqu'à oublier qu'ils y travaillent. Et c'est mieux ainsi.

Certaines portes sont plus difficiles que d'autres à pousser. Celle devant laquelle je me trouvais me semblait infranchissable. Du plomb. Ce n'était plus une porte, mais un mur, une montagne. Plus une porte, mais un gouffre, un océan de lave. Je suis resté devant, interdit, immobile. J'entendais un néon grésiller, les battements de mon cœur et l'écho des pas et les regards suspects de ceux qui passaient derrière moi. Leur suspicion et parfois, peut-être, leur compassion. Ils se doutaient de l'épreuve, de la peur et de ce qu'il y avait à affronter derrière, ils n'en savaient pas les raisons et c'est tant mieux parce que sinon, ils m'en auraient peut-être dissuadé, ils m'auraient peut-être dit qu'il ne fallait pas, qu'il valait mieux partir, que c'était encore possible, que je n'étais obligé de rien, par personne, que c'était mon choix et que je pouvais renoncer. Il était encore possible de disparaître. J'aurais pu fuir. J'aurais dû fuir. J'en ai eu envie. Je me voyais déjà reprendre le chemin inverse, le couloir, l'ascenseur, le hall d'entrée, passer devant le comptoir d'accueil vitré, sécurisé, comme dans une banque, pour protéger les agents administratifs des virus, des coups et des crachats, je me voyais passer devant les chaises occupées par ceux qui viennent chercher un soin, un sourire, des mots, un soulagement, devant les évanouis et les valides, les nez cassés, les faces tuméfiées, les douleurs rénales, les vertiges et les enfants qui pleurent, les visages de leurs parents marqués par les nuits sans sommeil, à bout, à imaginer le pire, ce dont souffre leur enfant, ce qui pourrait lui arriver, ce qu'ils ont envisagé de lui faire s'il ne s'arrêtait pas de pleurer, épuisés, par les cris, les sanglots sans fin et les râles, et les heures qui passent, la lumière de la nuit qui change, l'aube qui approche, leur impuissance, ce qu'ils ont imaginé lui faire, à lui, leur enfant, pour pouvoir enfin dormir en paix, pour du silence, pour une heure de calme, juste une heure, je serais passé là, devant ces drames évités, que les journaux et les radios et les chaînes infos auraient commentés, passé là, devant ces cernes et ces enfants malades mais vivants, en coup de vent, et d'un coup, l'air frais, sans effluves de javel et de médicaments, j'aurais recommencé à respirer et terminé mon apnée, sur le parking plein à craquer, à deviner une ambulance qui arrive au loin, que je n'aurais pas vue, mais que j'aurais entendue, signalée par ses sirènes, par le fracas et les grincements de sa carrosserie et de ses pneus, mais je ne me serais pas attardé, j'aurais été en fuite, fugitif de mes propres angoisses, j'aurais déjà repris ma voiture, appuyé sur la pédale d'accélérateur, je serais sorti imprudemment par la petite bretelle de voie privée, entre le gazon et le muret en pierre, j'aurais laissé les lettres « Centre hospitalier » derrière moi, dépassé

Remiremont pour me jeter, corps et âme, sur l'autoroute et remonter, trop vite, le fil du bitume jusqu'à la limite de l'accident, devinant les injures des autres automobilistes, ignorant leurs appels de phares et leurs coups de klaxon, jusqu'à ce que ses lignes blanches se fondent dans Paris, et ses rues sales et ses voies cyclables, dans ses pavés, sa merde et dans ses parcs et que j'arrive à les oublier, elles et tout le reste, voilà ce que j'aurais dû faire. Mais j'étais pris au piège. Par ma haine, par mon amour et par ma curiosité. J'étais pris au piège par mes questions et mon désir de vengeance. Je voulais voir l'ogre, son visage, ses yeux, sa bouche, son nez, ses dents. Je voulais voir l'œuvre du temps, un vieillard impotent et mourant, un repenti, usé par la vie, la solitude et les années. Je voulais pouvoir le contempler, moi debout, lui allongé, le toiser, le dominer, m'en approcher, sans crainte, sans peur, sans me faire happer, aspirer dans les profondeurs de son âme, de ma mémoire et de nos secrets, je voulais pouvoir lui cracher dessus, l'insulter, le bousculer, ou faire comme si de rien n'était puisque c'était désormais le cas, rien n'était, rien n'était plus. Je voulais entendre le son de sa voix, éraillée, fatiguée, je voulais qu'il ait du mal à parler, à déglutir, que chaque mot soit une épreuve, je voulais qu'il souffre et le voir. Je voulais me libérer, enfin, mettre fin à cette tutelle, cette ombre, cet arrière-goût de rance qui ne m'avait jamais quitté. La porte était bleue. Elle était toujours fermée. Et je suis resté interdit à quelques centimètres, pendant de longues secondes, sans pouvoir taper, ni bouger, ni entrer, immobilisé, paralysé. Je regardais cette porte bleue comme celles des enfers ou de la rédemption, que j'allais devoir ouvrir, il fallait l'affronter, faire face à ma vie, me débarrasser de celle d'avant, et à ce qu'il en avait fait, au passé, et de ce qu'il en faisait encore, au présent. J'allais à confesse, sans savoir si j'étais le prêtre, le pécheur ou les deux, si j'étais le dieu vengeur ou la victime absoute, combien de psaumes il faudrait prononcer, combien de temps prendrait la rédemption, puisqu'il devait crever. J'avais peur et ça, je ne l'avais pas prévu. J'avais prévu la haine, la rage et la colère. J'avais prévu le dégoût, la rancœur et la vengeance. J'avais prévu tout ça. Mais pas la peur. Pas de revenir en arrière. Pas de perdre mes moyens. Pas, à nouveau, d'avoir six ans.

J'ai eu un mouvement de recul.

« Tu t'attendais à quoi ? À trouver un mort ? Tu pensais voir un cadavre... Je vais très bien. Merci. Pour un mourant, je vais très bien. »

Il grimaçait. Je n'ai pas vu tout de suite que c'était un sourire. Il parlait avec autorité. Lentement, en détachant chaque syllabe. Il pensait parler normalement, clairement, mais il ne maîtrisait ni ses phrases ni sa diction. Parfois, il n'allait ni au bout de son idée, ni même au bout de ses mots. Il s'arrêtait de parler. Ses yeux se fermaient et il marmonnait, ses yeux se fermaient et il n'émettait plus que des sons, un vague sifflement, avant qu'eux-mêmes ne soient avalés par le silence.

« Je suis toujours vivant. Ne leur en déplaise. On dirait qu'ils n'attendent que ça. Que je crève... Que je libère la chambre. Les cons. S'ils pensent que je ne vois pas à travers leur jeu... Les "Comment ça va aujourd'hui...

Comment vous vous sentez". Comment je me sens ? Comme quelqu'un en train de crever, voilà comment je me sens. Tous ces imbéciles qui te parlent de douleur sans souffrir, de courage sans peur, de résilience sans épuisement. Comment je me sens… Je ne sens plus rien, plus tout en même temps. Une fois ce sont les jambes… Puis mes mains. Puis je ne sais plus… Je ne sais plus. Je suis fatigué. »

L'homme allongé devant moi était un autre. Un vieillard. Sous l'âge, je devinais ses traits. Sous la maladie, la personne qu'il avait été. Il n'était là qu'en pointillé.

« Tu n'es pas venu me tuer j'espère ? Je n'ai toujours pas envie de crever. Avec tes conneries de fin de vie… Je me méfie… De toute façon, les oreillers sont tellement fins ici qu'on peut respirer à travers. Bonne chance pour étouffer quelqu'un avec ça. »

Il sourit. Le temps d'une pause.

« Et je n'ai pas envie de mourir. Je n'ai jamais eu envie de mourir. Tu verras, quand tu y seras, tu changeras d'avis toi aussi. Choisir le moment de sa mort… Ce n'est pas une question pour une personne qui vit. Il n'y a que des dépressifs ou des idiots qui veulent avoir la possibilité de partir avant… Pas les gens normaux. Pas les gens normaux… Rien de tel que le vide pour t'ôter l'envie de sauter. »

Il grimaça à nouveau. Et il se tut. Un instant. J'en profitais. Je me glissais à nouveau dans son monde, dans sa vie. Je tentais ma chance.

« Non. Je ne suis pas là pour ça. Tu n'as aucune inquiétude à avoir. Je suis là parce que tu m'as demandé de venir. Voilà pourquoi je suis là. Pas pour t'achever, tu as l'air de très bien faire ça tout seul. »

Je ne sais pas s'il a entendu la fin de ma phrase. J'avais l'impression qu'il s'était assoupi. Mais non, il était toujours là, apparemment éveillé.

« Oui. Je t'ai demandé de venir. Je t'ai demandé… Je voulais que tu viennes. Il y a quelque chose que je n'ai pas très bien compris. Et c'est toujours le cas. Je ne comprends pas pourquoi tu es parti, pourquoi tu as disparu, qu'est-ce qui t'a pris, pourquoi tu as coupé les ponts. Qu'est-ce que je t'ai fait ? Je voudrais que tu m'expliques. Je voudrais comprendre. Tu peux tout me dire. Voilà… Tu me dois bien ça… »

Sa voix était faible, éraillée mais cassante. Il avait retrouvé son autorité, le ton péremptoire qui pouvait être le sien. Il était bien là, caché, loin derrière ces mots, derrière ces reproches à peine voilés, je le percevais, je l'entendais enfin, je le devinais à nouveau, il était là, derrière la respiration irrégulière et les cordes vocales fatiguées et les gestes ralentis, la maladie et le masque de la mort. Tout à coup, il était de retour, celui qui a toujours raison, celui qui demande, qui exige, celui qui dicte et qui impose. Je n'avais aucune explication à lui donner. Aucun compte à lui rendre. J'étais là à sa demande, mais pas pour lui, j'étais là pour moi, pour solder notre passif, pour me débarrasser d'un cadavre, un vrai, un mort, pour commencer à vivre, quel qu'en soit le coût pour lui ou pour moi.

« Je ne suis pas là pour t'achever ou pour te voir crever. Je ne suis pas là pour toi, je suis là pour moi, pour parler de Bertrand, tu te souviens de Bertrand ? C'est de lui que je suis venu te parler, c'est pour ça que j'ai traversé la moitié du pays. »

Il prit son temps. Il fallait convoquer le passé. Le sortir des décombres du présent.

Il prit son temps, ferma les yeux et respira lentement.

« Bertrand... Oui... Je me souviens de Bertrand. Le pauvre garçon... Une mort horrible, tellement brutale. Si jeune... La vie est injuste. Il avait l'avenir devant lui. Ce pauvre Bertrand. Terrible comme événement. »

Il se souvenait. Il savait.

Ils étaient deux. Deux comme lui, deux frères, quasiment identiques, des jumeaux, constamment côte à côte, inséparables, presque indissociables, même apparence, mêmes voix, mêmes manières, même tenue, deux personnalités se toisant, s'écoutant, s'approchant ou se disputant. Ils avaient la même forme de visage, les mêmes fossettes, un nez prononcé mais bien dessiné, des yeux noisette, des restes de cheveux noirs et frisés, usés par le temps et les traitements, le haut du crâne en partie dégarni, des dents légèrement jaunies par les années et les excès, quelques poils dépassant, ici ou là, des oreilles et des narines. Ils avaient la même taille, moyenne, la même corpulence. Ils étaient deux, les mêmes, on aurait pu les confondre, ils donnaient parfois l'impression de pouvoir se fondre l'un dans l'autre, d'être en symbiose, et pourtant, ils étaient deux êtres, complètement différents. Deux semblables, totalement opposés. C'était à peine croyable. Celui que j'avais connu en premier était doux, avenant, à l'écoute. C'était un homme qui prenait le temps pour les autres. Un fils, un père, un mari, un frère, un ami. Un homme calme, carré, posé, réfléchi, qui semblait maîtriser la vie et ses trous d'air. Une personne solide, sur qui chacun pouvait compter, à qui chacun pouvait demander un service, un avis, un sage en quelque sorte, une boussole, il avait souvent la solution aux problèmes des autres ou indiquait le bon chemin à prendre, ou le moins mauvais. C'était un homme qui vous voulait du bien. Son sourire était rassurant, sa voix réconfortante. Même dans la tempête, il tenait le cap, prodiguait de bons conseils, « ne travaille jamais avec ta famille », m'avait-il dit un jour, nous étions en voiture, la nuit tombait, noire, définitive, implacable, il avait juste dit cela, puis s'était tu, pour laisser parler le ronronnement du moteur. Les lumières du tableau de bord se reflétaient dans l'intérieur des vitres, à l'extérieur, l'éclat des phares balayait la nuit et les insectes imprudents, il roulait vite, trop vite, sur l'autoroute déserte, il avait dit ça puis s'était emmuré dans le silence. Je ne l'ai jamais oublié. C'était un homme aimant, attentionné, un homme de famille, quelqu'un qui voulait bien faire, et qui s'y attelait. Aux antipodes de celui qui lui ressemblait tant : de l'autre. Celui que j'ai connu bien après. Colérique, froid, jaloux, envieux, flambeur. Persuadé que le monde lui en voulait, un homme sans foi ni loi, prêt à vendre ses enfants aux chiens pour quelques broutilles ou quelques dizaines de milliers d'euros. Un homme qui pensait que tout lui était dû, que tout devait lui revenir, un roi capricieux, un Machiavel de pacotille, intriguant au sein de sa propre famille, parmi ses propres amis, pensant manipuler, dominer, pensant toujours être dans son bon droit, sans jamais se poser la moindre question, un idiot, rageur, incapable de la moindre remise en cause, et s'étonnant, après, faussement ou pas, des réactions des uns et des autres, de leur peine, de leur amertume, de leurs humeurs, colères ou de leur mauvaise volonté, un homme qui ne voit rien, influencé par tous, incapable de faire le bon choix, incapable de ne pas reproduire ses propres erreurs, encore et encore, un homme qui n'apprend pas, chez qui la vie n'imprime pas, et qui reprend, encore et encore, le même chemin vers la même fin, le même parcours, vers l'inéluctable et l'échec. Ces deux hommes cohabitaient. Ils vivaient l'un en l'autre. Je ne savais jamais lequel des deux était avec moi, lequel j'allais rencontrer. Lequel des deux arriverait, lequel partirait. Lequel parlerait et lequel resterait mutique. Lequel sourirait, lequel froncerait les sourcils, cajolerait ou menacerait. Lequel il faudrait que j'affronte, avec lequel il allait falloir que je compose, et surtout lequel me livrerait la vérité. Ces deux hommes, ils étaient là, blafards, épuisés, allongés, mourants, devant moi, dans un seul et même corps.

« Ils ont décidé d'arrêter les traitements. Mes reins ne supportaient plus la chimiothérapie. Alors ils ont tout stoppé. Tout. Ils ont juste maintenu les antidouleurs. Je vis dans une cage, une cage magique et chimique. Je survis dans du coton. Opioïdes, anxiolytiques, anticonvulsants, antidépresseurs, antihistaminiques, bisphosphonates, relaxants musculaires, stimulants, amphétamines, stéroïdes, je suis devenu une pharmacie, un junkie. Ma vie s'organise autour de mes prises de médicaments, des piluliers, des gélules, des injections. Ma vie est devenue un protocole, j'attends mes doses et que le temps passe. Si je n'étais pas ici, je serais en cure de désintoxication. On me ferait la leçon. On me dirait que je fous ma vie en l'air. On me dirait que je suis en train de me détruire, que je vais mourir. Qu'il faut que j'arrête mes conneries, ces poisons, tous ces poisons, que ce n'est pas possible. Mais ici, ces poisons, ils m'aident à rester en vie. Pas à vivre, mais à rester vivant. On me dit que c'est pour mon bien. Que ce qui m'asservit me libère. Que ce qui me détruit me sauve. Mes dealers, ici, portent des blouses blanches. Ils n'ont rien à craindre, rien à cacher. Ils préparent ma drogue. Ils se déplacent jusque dans ma chambre. Et c'est l'État qui paye les fixes. J'ai ma dose tous les jours, sans rien demander, sans attente, sans manque, sans zéro-six, sans rien débourser, c'est toujours bien dosé et c'est de la bonne qualité, fabriqué par de vrais chimistes et leurs machines et leurs usines, propres et sans poussière, et sans enfants ou sans esclaves, sans récoltes, sans plomb, sans menaces, tortures ou kidnappings et sans le sang des autres, pas dans un labo en pleine jungle ou dans une montagne d'Afghanistan, de Bolivie ou du Maroc, pas dans un garage de banlieue, une cave ou une ferme perdue, pas dans un sous-sol de parking ou un appartement miteux. Un rêve de drogué. J'ai tout ça et je plane, en attendant le crash. Ici, on appelle cela les soins palliatifs. Concrètement, ça veut dire qu'on te laisse crever sans que tu t'en aperçoives, doucement. La maladie a déjà gagné, c'est la réalité. Je dois vivre sans me rendre compte de rien. Ni douleur, ni joie, ni peine, ni peur, ni rien. Sans ressentir quoi que ce soit. Ça c'est pour la théorie, les cours de médecine et pour la bonne conscience. Parce que ces soins, ces traitements, ils sont tout sauf neutres. Tout sauf inodores et incolores, ces traitements, chaque jour, tu les subis, ils te désagrègent, ils te creusent, ils t'apprennent des douleurs impossibles dans des endroits de ton corps dont tu ne soupçonnais pas l'existence. Ces traitements, ils t'enchaînent, ils t'anéantissent. Tu deviens accro à la douleur, à son absence, au moment où elle disparaît, accro au vide que procure l'anesthésie, ah cette chute douce et infinie quand le produit commence à faire effet. C'est cela la dépendance, apprendre à survivre au manque, au manque de manque, apprendre à vivre de rien, à n'être rien, c'est le besoin de ne plus rien ressentir, la seule chose qui compte, c'est le néant, c'est mon quotidien, j'ai appris à vivre sans vivre. Et quand je leur demande jusqu'à quand, encore combien de temps, de gélules de gobelets, leur seule réponse, c'est que tout cela est provisoire. Je ne sais pas ce qu'ils entendent par là et quand s'arrête le provisoire, ni comment. Est-ce que je vais m'en sortir, ou est-ce que je vais crever. Ils me disent qu'on verra bien. Qu'on verra comment ça évolue. Qu'à un certain moment, on ne sait plus très bien. Que la science a ses limites. Les tumeurs n'ont pas bougé. Elles n'ont pas grossi. Mais elles n'ont pas disparu non plus. Il faut du temps parfois avant de voir les résultats d'un traitement. C'est ce qu'ils me disent. Deux jours, trois mois, un an. Du temps, la seule chose que je n'ai plus. Ils ne savent plus quoi faire. Ils savent bien que je vais crever. Mais personne ne me le dit. Personne n'a ce courage. Ce n'est pas si compliqué pourtant. Mais ça les heurte. Ils ne veulent pas perdre et je suis leur échec. Ils ne veulent pas s'avouer vaincus. Leur orgueil est ma souffrance. Chaque seconde gagnée pour eux est une petite victoire, et pour moi un moment de douleur supplémentaire, un supplice qu'ils feignent d'ignorer au nom de règles, de codes, d'humanisme et de je ne sais quel serment. Hypocrite Hippocrate. Ils veulent que je garde le moral, c'est important paraît-il. On ne peut plus lutter contre les tumeurs avec les protocoles, avec les pilules, les cachets, les machines, les seringues, les injections ou les rayons, mais il faut que je garde le moral, ça peut faire la différence, évidemment... Tout le monde fait comme si cela était normal, que ça allait aller. On me dit de tenir bon. J'ai deux cancers, des tumeurs contre lesquelles les séances ne font plus rien, un corps qui ne supporte plus les traitements, des protocoles qui sont en train de finir ce que le cancer a commencé, mais je dois tenir bon, je dois espérer, je dois continuer à respirer. Personne ne me dit pour quelle raison. Pour quelle bonne raison je devrais encore me battre contre la mort, et surtout pourquoi. Personne ne m'explique pourquoi je dois aller jusqu'à me désagréger. Personne n'a de bonne raison à me donner, parce qu'il n'y en a aucune, voilà la vérité. Qu'est-ce qu'ils pourraient bien me dire : "Crevez mon vieux, crevez ! Votre vie est terminée. Et on a besoin du lit !", bien sûr que non. Alors ils m'accompagnent. Ils font durer cette parenthèse d'attente, de plastique et de métal, de bruits incessants et de silences infinis, de gélules et de potages, de draps souillés et de blouses tachées et de réveils en pleine nuit, pour un contrôle ou une prise de tension, ou pour un bruit ou pour un rien. Un quotidien fait de douleurs, de mal à la tête, aux oreilles, aux mains, au ventre, aux reins, aux genoux, mal au dos, mal aux articulations, mal au cœur, au foie, au côlon, on ne me demande plus si je vais bien mais si je vais mieux. Je vis en pyjama. Du lit aux toilettes. De la salle de bains au lit. Mon univers dans neuf mètres carrés. Je suis assisté pour tout. Je ne vis plus, je dépends. Pour tout : boire, manger, chier. Même pour que mon sang circule, j'ai besoin d'eux et de leurs massages. Ils me font mal, pour mon bien. Ils marquent ma peau. Bleuissent mon corps. Je ne cicatrise plus, je m'orne de compresses de gaze et de pansements, jamais secs, qui suintent, malodorants, que j'arrache à moitié, malgré moi, à chaque fois que je bouge, à chaque fois que ma couverture glisse, que mon gobelet m'échappe des mains et ma paille fuit ma bouche. Alors j'alerte. Et j'attends. Les pas dans le couloir, les coups sur la porte. Les questions absurdes. Les commentaires infantilisants. Les remarques agacées, déplacées. Et que la couverture me recouvre à nouveau, que le froid s'arrête, que je puisse boire enfin et que mes plaies soient une nouvelle fois nettoyées. Tout va bien. Je suis accompagné. Je suis dans de bonnes mains. Je peux rester le temps qu'il faudra. Jusqu'à la fin. Même si ce n'est pas celle que je souhaite. Mais ici tout est fait pour que tout se passe le mieux possible. Même si mes dents tombent, mes cheveux disparaissent, ma peau jaunit, même si je rétrécis, si je m'atrophie, même si je ne suis plus grand-chose, un vestige, une ruine, que je ne sais plus grand-chose, même si je ne sais plus vraiment quel jour nous sommes ou quand je suis arrivé ici, même si les temps et les époques s'entremêlent, que les visages se confondent, comme les noms des uns et les prénoms des autres, même si je croise désormais des morts et que je ne me souviens plus toujours de qui sont les vivants, même si j'ai besoin d'une bassine pour uriner, que l'on me torche, comme si c'était normal, que l'on me lave comme si c'était normal, sur mon lit, en me faisant basculer d'un côté puis de l'autre, comme si c'était normal, que l'on me parle comme ça, comme à un enfant, comme à un débile, que l'on me demande "Comment ça va aujourd'hui ?", "Comment je vais depuis hier ?", moi qui ai fait chavirer le monde et des cœurs et des âmes, moi qui ai bousculé la vie, fait frémir, jouir, trembler, aimer ou haïr, et qui ne suis désormais rien d'autre qu'un numéro de chambre ou de sécurité sociale, qu'un déchet à qui l'on parle de tout, de rien, de météo de sports de politique d'émissions de télévision, une épave à qui l'on parle trop fort, et pas trop vite et pas très bien. Et l'épave a envie de leur cracher à la gueule, de leur crever les yeux, et de les foutre à sa place, ne serait-ce qu'une minute, pour qu'ils comprennent, qu'ils souffrent eux aussi et pour qu'ils sachent que ce n'est pas cela "garder quelqu'un en vie", non, eux, ce qu'ils font, c'est qu'ils me gardent en mort. Mon corps ne m'appartient plus. Je m'en détache, je les vois le toucher, le piquer, le laver, le brutaliser. Il est devenu un étranger, quelque chose auquel je suis vaguement rattaché, mais ce n'est plus moi. Je ne suis plus lui. Je ne bande plus. Je me pisse dessus, je sens à peine la chaleur de l'urine, ce tas de chair appartient au crabe et à la douleur. Je le regarde, d'aussi loin que je le peux. Je ne veux plus de lui. J'aimerais qu'il parte, qu'il me laisse tranquille ou au moins qu'il redevienne comme avant, comme quand nous ne faisions qu'un, que nous avions les mêmes objectifs, les mêmes envies, la même vie, quand c'était naturel, quand les inquiétudes passagères étaient balayées par une simple analyse médicale, une petite prise de sang ou quelques mois sans sel et sans trop d'alcool et de nuits qui finissent le matin. Nous étions heureux de fumer ensemble, heureux de boire et de baiser, nous étions d'accord sur tout et tout cela me semblait parfaitement normal. Mais ça ne l'était pas, et comme pour n'importe quel autre couple, le temps a fait son œuvre. Les habitudes se sont installées, je n'ai pas fait attention comme j'aurais dû, je ne l'écoutais plus, ou du moins, j'ai pensé qu'en le poussant un peu, ça suffirait, que ça passerait, j'ai cru qu'il me supporterait tant que je faisais le nécessaire, le strict nécessaire, que la trajectoire était droite, que je ne changeais pas trop le quotidien, qu'il ne s'éloignerait pas, qu'il ne me lâcherait pas, que c'était notre contrat, qu'il dépendait de moi autant que moi de lui. Certes, j'ai eu de petites alertes. Des mises en garde. Je sentais bien que quelque chose avait changé, que ce n'était plus vraiment comme avant. Qu'il fallait que je fasse autrement, que j'écoute l'autre. Mais la vie est plus forte, j'ai fermé les yeux. Je n'ai pas voulu voir. Je ne l'ai pas vu vieillir. Je ne l'ai pas vu faiblir. Je n'ai pas vu que c'était plus dur, chaque jour davantage, que mes plaisirs n'étaient plus les siens, que mes joies n'évoquaient plus rien pour lui, qu'il traînait la patte, que ma vie l'usait, qu'elle ne l'amusait plus, qu'il aspirait à autre chose. Mais je ne pouvais pas arrêter, j'étais pris par le temps et les cheveux grisonnants et le souffle court et la banalité qui chaque jour étouffait un peu plus mon quotidien. J'étais pris par le temps, celui qui me restait, qui filait de plus en plus vite, les années en mois, les mois en semaines, les semaines en jours, et plus ça allait vite, moins il m'en restait. J'ai eu peur de ne pas avoir assez vu, bu, assez vécu, assez joué, assez pleuré, alors j'ai continué, pressé par le temps, impitoyable bourreau, à la recherche d'un peu plus, d'encore un peu plus, de souvenirs à raconter, d'histoire à conter, de menaces à proférer, de dents et de verres à casser, de regrets à accumuler, la tête dans la cuvette, à cracher jusqu'à m'époumoner, me promettant de ne jamais recommencer, ivre mais vivant, et de vivre, de vivre, jusqu'au prochain soir, jusqu'à ma mort, voilà ce que j'ai entrepris. Et j'ai cru qu'on était deux, que nous étions d'accord, et qu'on le serait jusqu'à la fin jusqu'au bout et je me suis trompé. Regarde-moi, regarde ce qu'il reste de nous, de ce corps et de moi, ce tas d'os qui me vomit, qui m'expulse, qui a renoncé et qui me laisse, prisonnier de cette vie, sans souvenirs de celle que je viens de brûler. Sans lui, j'aurais pu vivre mille ans. »

Il mourait. Il était là où il devait être. Là où nous nous étions retrouvés, le bon moment aussi, dans cet hôpital, c'était la fin du monde tous les jours. Les écrans hurlaient des jeux télé et des rires enregistrés et chaque catastrophe que produit l'humanité. Et dans les chambres, refuges sans âme des derniers instants, des râles, des bruits de fer, des couleurs froides. Et j'étais là. Condamné à assister le condamné. Je le regardais. Ses yeux fermés. Allongé sur son lit de mort. Et j'attendais. Rien d'autre à faire que de le regarder. Et je prenais des notes. Celles que vous êtes en train de lire. Pour raconter ce moment qui allait disparaître. J'écrivais furtivement, en me cachant presque, parfois surpris par les rondes, tout le monde ne tapait pas avant d'entrer et il y avait alors quelques secondes de gêne, de malaise, je sursautais, je rangeais mon téléphone pour ne pas être démasqué, pour ne pas être questionné, les échanges étaient alors limités. Je ne voulais pas oublier. Je voulais me souvenir que j'étais là, que je l'avais questionné, que j'avais essayé de savoir, que je m'étais battu, pour savoir pourquoi, pour que tout ce qui s'était passé ne se soit pas passé en vain, qu'il y ait une leçon à apprendre, une morale à retenir, que le mal qui avait été fait ne disparaisse pas, que la souffrance ne s'évapore pas des mémoires, que le temps ne sacre pas l'impunité, sinon, où va le monde, où allons-nous, tous, collectivement. Je voulais être là pour ça. Pour qu'il y ait des conséquences. Pour que quelqu'un paye, que quelqu'un ait des comptes à rendre, même si ce n'était que la moitié des comptes, même si c'était une moitié de personne, que ça ne comptait plus vraiment, que tout le monde s'en foutait, parce que c'était il y a longtemps, une autre époque, que ce n'était pas tout à fait la même chose, qu'il pouvait y avoir débat et que tout le monde était mort. Moi je ne l'étais pas, pas totalement, moi j'étais vivant, et moi j'ai vécu avec tout, leurs horreurs, leurs errances, leurs silences. J'ai porté leur honte, leur secret. J'ai subi leur haine, leur gêne. C'est pour ça que j'étais là, parce que je n'avais pas oublié, et tant que je n'avais pas oublié, ce n'était pas oublié, et maintenant, c'était écrit, et ça ne le sera jamais plus, ou dans longtemps, dans très longtemps, et cette fois, cette fois seulement, le temps aura fait son œuvre. J'étais donc là par nécessité. J'étais là pour regarder le passé en face. Le regarder d'homme à homme, les yeux dans les yeux, d'âme à âme, sauf que cette fois, c'est moi qui regardais, moi qui jugeais, c'étaient mes règles et mon monde. J'étais le procureur, le juge et le bourreau. Je voulais pouvoir raconter, je voulais pouvoir me souvenir de ce qu'il était, de ce qu'il était devenu. Une masse difforme. Il semblait avoir rétréci. Où étaient passés ses mains puissantes, son buste, ses cuisses. Adieu le conquérant. Adieu l'homme, le battant, l'amoureux, le salaud, l'amant, le fils, le père. Je le regardais, ce corps informe, cette vie pour rien, pour finir dans cette blouse bleue un peu souillée. La peau à la fois luisante et sèche, avec ces croûtes près de la bouche, ces failles, ces cratères, ces cicatrices, ces traits secs, comme des crevasses, ces joues transparentes, froissées, fripées et légèrement huileuses. Ces cernes noirs qui le maquillent : un tragédien du dernier instant. Ces mains gonflées aux ongles déformés, pleines d'eau, qu'il fallait venir masser. Cette respiration rauque, la bouche entrouverte de laquelle un tube transparent s'échappait. Ce bruit faible et régulier, étouffé par celui des machines, qui prolongeaient la vie ou ce qu'il en restait, un fragment de vie, un filet, à peine un souffle. Cette vie qu'il fallait apparemment prolonger. Il ne souffrait pas, il ne ressentait plus rien, ne voyait plus et n'entendait plus, mais il fallait prolonger l'instant. Et le faire le plus longtemps possible. Alors la mort serait acceptable. Quelqu'un pourrait dire que tout avait été fait. Qu'on était allé jusqu'au bout. Qu'on avait tout essayé. Qu'il s'était battu, jusqu'à son dernier souffle, cette belle âme. Une dernière fierté, un dernier hommage pour le conquérant qu'il avait pu être. La belle affaire. On lui fermerait les yeux, on observerait un temps de silence, mais pas trop quand même. Il y aurait ensuite quelques mots, des regards compatissants. C'est ce que font ces ombres en blouse blanche qui vont de chambre en chambre, de machine en machine, de corps en corps. Des spectres dont la seule tâche est d'étirer chaque seconde et d'anesthésier les âmes. Parce que c'est comme ça. Par humanité. Parce qu'on n'a pas trouvé mieux et que c'est ce qu'on fait avec ceux qui crèvent. On fait durer l'instant. La vie a ce prix. Puis on change les draps, on aère la pièce. Jusqu'au prochain cadavre.

Occupé qu'il était à mourir, il ne parlait pas. Je voulais me souvenir et je voulais qu'il fasse de même. Je voulais qu'il y pense. Qu'il revienne en arrière. Qu'il revive les odeurs et les couleurs et les bruits de cette grande maison sombre et de ses craquements, chaque craquement, tous, jusqu'au dernier, ceux que l'on guette quand on est enfermé, qui se rapprochent, qui annoncent, qui tétanisent, ceux qui s'éloignent et qui libèrent, de la cave jusqu'aux chambres, là où se nouent les estomacs et les drames. Je voulais qu'il revoie ces murs de crépi ou peut-être que c'était du papier japonais, ces larges escaliers de bois, ces chambres, ces couloirs, ces halls décorés de tableaux d'ancêtres illustres et médaillés de la Grande Guerre ou de paysages humides, froids et laids, de fausses fenêtres clouées aux plâtres qui enferment, ces illusions d'ouverture, de liberté, ces natures mortes qui figent, tous ces objets, tous ces meubles témoins de sa lâcheté, qui ne pourront jamais témoigner, les jardins et leurs murets recouverts de mousse et de mauvaises herbes. Je voulais qu'il retourne dans cette maison isolée, qu'il sente à nouveau la cire de miel et le renfermé, qu'il entende le bruit des horloges, la métronomie de leurs aiguilles, ce battement sourd et incessant, les oscillations régulières des demi-heures et des heures qui fendaient le silence absolu de la demeure, celles qui rythmaient les sévices. Je voulais qu'il retourne dans ce coin de forêt, dans ce coin de son âme, à l'écart de lui-même, à l'écart des villes et des clochers et du monde, planqué derrière un vallon, qu'il revoie l'immense bâtisse, son étang, ses dépendances, ses anciennes écuries, sa moitié de potager, les pommiers, ses herbes folles et ses arbres immenses derrière lesquels l'enfer s'abritait. Je voulais l'y ramener. Qu'il y retrouve ses esprits, sa conscience et ses souvenirs. Je voulais comprendre. Comment il en était arrivé là, comment il avait pu. Comment on décide du silence et de l'abandon. Je voulais simplement qu'il m'explique. Peut-être qu'il me demande pardon. Mais c'était trop tard. Il divaguait. Il vivait dans ce temps où l'on ne parle plus qu'au passé.

Un temps où il ne se passe plus rien. Où la vie se dissout. Où l'imparfait et le passé composé sont les seuls à s'accorder. Où le passé n'est plus simple. Un temps où le futur se conjugue au présent, quand chaque minute, chaque seconde peut être la dernière. Il vivait enfermé. L'instant présent n'existait plus. Le passé s'était dilué dans la vieillesse, le cancer et les traitements. Ce qu'il pensait avoir vécu, la réalité, de fait, n'avait plus aucune importance. Elle était mouvante, sienne, alternative. Elle évoluait au gré de son subconscient dans l'espace et le temps, mêlée aux dérives de son imagination, à ses peurs, ses joies, ses fantasmes, des bribes d'images, de sons, d'odeurs, de souvenirs, à la vérité. Il pouvait désormais façonner sa vie à sa guise. La reconstituer. Glisser d'un espace à l'autre, d'un monde à l'autre, sans contraintes, sans obligation. En raconter ce qu'il voulait. Inventer, s'inventer, se transformer en héros, en salaud, en sauveur ou en tueur. Il n'y avait plus rien ni personne pour le contredire. Plus personne pour l'en empêcher. Sa solitude le protégeait. La morphine l'encourageait. Plus personne pour lui apporter la contradiction, lui rappeler la vérité, ses mensonges, l'homme qu'il avait été. Il errait entre le réel et la folie, mélangeait les mots et les époques, les prénoms et les pronoms. Il entremêlait le passé et le présent, les images de la télévision et celles qui étaient restées dans sa tête. Il recyclait les mots des couloirs, qu'il happait et dont il répétait les sonorités en écho inaudible, en phrases incompréhensibles. Il gueulait un récit décousu, une logorrhée absconse et clamait sans cesse sa grandeur et des exploits qui n'avaient jamais eu lieu, des histoires sans queue ni tête, à dormir debout, il délirait, un délire salvateur, libérateur, il perdait la raison mais retrouvait sa liberté. Cela faisait des heures que j'attendais. J'étais toujours là, de plus en plus seul, assis, debout, affalé dans un fauteuil inconfortable, appuyé contre un mur, adossé à une fenêtre, à le regarder crever. Doucement. Sans un bruit. Sans un mot. La tête vide. Les seuls échos perceptibles venant des couloirs. J'étais là, muet, assis, dans une demi-pénombre. Et j'attendais. Parce que c'est ce qu'on fait quand son père meurt. On est là. C'est comme ça. Je le regardais, lui et ses cernes, et sa bouche entrouverte et ses mains à présent gonflées d'eau et de liquide et ce qu'il en restait. Un tas de chair et d'os. Je guettais les relèves. Répondais aux questions de ceux qui passaient. Oui, il respire toujours. Non, il n'est pas encore mort. Oui, ça va merci. Et j'attendais la dernière seconde. Une seconde infinie, qui dure des heures entières, qui ne vient pas. Et qui se répétait, toujours suivie d'une autre seconde. Une course temporelle interminable et mécanique. Qui me narguait et m'épuisait. Étirant le temps et ma solitude. Prisonnier d'une vie qui ne voulait pas se terminer, coincé dans cette chambre. Je le regardais. Enfant, je l'avais si souvent imaginé mort. Enfant, je l'avais si souvent imaginé en train de crever, me demandant ce que ça ferait d'être seul, enfin, de ne pas avoir de père, alors que c'était déjà le cas, puisqu'il était parti vivre ailleurs, une meilleure vie, une vie loin de moi et de tout ce qu'il avait déjà raté, que je puisse être libre de l'espoir qu'il revienne, de l'espoir qu'il redevienne mon père, que la vie reprenne, ma vie d'avant, dans ma famille, je voulais être libre de son joug, libre de passer à autre chose, d'apprendre la solitude et ce que serait ce manque, cette affliction, cette addiction. Moi qui pensais que ça ne changeait rien, que ça ne changerait rien, puisqu'il avait déjà disparu, que cette mort serait une délivrance, je me projetais à nouveau dans le silence de ma chambre d'enfant. Je me demandais encore ce que ça ferait. Je me demandais si ce serait une douleur, ou au contraire une délivrance. Moi qui l'espérais mort. Qui attendais l'arrivée de ce moment, j'y étais enfin, cinquante ans plus tard, otage de ces secondes qui n'en finissaient pas, détruit par des années de manque et d'absence. Et rien n'avait changé. Ni l'amour, ni la haine, ni les questions, Rien. Je suis redevenu un enfant. À six, sept, ou huit ans. Je suis de retour dans cette petite chambre. Je vois mes posters, les jouets et mon bureau en tube blanc et jaune. Je vois les murs verts et le pommier dessiné par ma mère. Et je me demande ce que ça va me faire. Je me demande si je vais enfin être libre. Je me demande quand il va crever, quand sa poitrine va cesser de remonter, et de s'affaisser et de remonter et de s'affaisser. Je le regarde et j'écoute sa respiration faiblir. Une respiration lente. Caverneuse. Parfois, il me semble entendre son dernier souffle. Qu'il a arrêté de respirer. Un instant. Je compte les secondes.

Puis l'air revient, son torse s'anime péniblement, ses joues se creusent légèrement, il respire à nouveau. J'arrête de compter. Soulagé, las. En colère, contre la médecine, le monde et lui, je me demande s'il me teste, s'il me nargue, une dernière fois, jusqu'au bout. Pour voir ma réaction. Voir si je vais pleurer. Si je vais parler. Si je vais partir. Si je vais hurler. Mais il ne me teste plus. Il ne sait même pas qui je suis, il m'a encore oublié, cette fois pour toujours, il ne sait pas que je suis là, à son chevet, seul, le dernier, dans la pénombre, à compter, à regarder, à espérer, à m'épuiser. Il se bat. Comme il le peut. Il lutte pour arracher encore quelques secondes à la vie. Un combat perdu d'avance, mais qu'il continue à livrer. Malgré lui. Il n'a pas le choix. Il ne contrôle plus rien. C'est ce qui reste de son corps qui décide. Sa vie continue. Une bouffée d'air à la fois.

Rien n'est plus difficile à affronter que la vérité. Et que le déni. Mais je devais savoir. Je devais lui demander ce qu'il savait. Ce qui s'était passé, comment, précisément. Arracher des aveux, une confession ou, au moins, des excuses. Il fallait qu'il me parle avant de disparaître. C'était à mon tour de parler. À mon tour de demander.

« Tu veux savoir pourquoi je me suis éloigné ? Pourquoi je suis parti ? Je vais te le dire, c'est assez simple. À cause de Bertrand. De ce qui est arrivé. De ce que tu as fait. De cette histoire que j'ai dû supporter, de ce poids dans ma vie. Je veux savoir. J'ai le droit. Puisque je suis le premier concerné. »

Ses yeux se sont fermés, sa respiration s'est accélérée, elle est devenue plus forte, plus fluide aussi me semblait-il, puis il a tourné la tête vers la fenêtre, là où je ne me trouvais pas, j'étais de l'autre côté de son lit, il ne me regardait plus. Et puis rien. Il n'y avait aucune théâtralité dans son attitude. Il réfléchissait à ce qu'il pouvait me dire et à comment il allait le faire. Il rassemblait peut-être le peu de force qui lui restait pour penser, expliquer, convaincre, pour calculer une toute dernière fois.

« Tu es parti parce que Bertrand a été tué ? Mais ce n'est pas de ta faute. Ce n'est pas ta faute Thomas… »

Sa diction était lente et laborieuse.

« Non, tu sais très bien de quoi je veux te parler… »

Il me coupa la parole.

« Tu me poses une question, laisse-moi te répondre ! S'il te plaît. Laisse-moi aller jusqu'au bout ! »

Il marqua à nouveau une pause avant de reprendre.

« Tu n'es pas responsable de cette mort. Qu'est-ce que tu vas inventer ? Qu'est-ce que tu vas imaginer… Pourquoi te mêles-tu de cela ? Tu étais enfant, juste un enfant, les enfants ne sont pas responsables. À douze ou treize ans, on n'est pas responsable. Pas de choses comme ça, auxquelles un enfant ne devrait pas être confronté. Elles arrivent et on fait avec, on les accepte. On trouve des solutions, on s'y tient, on se met d'accord, on protège. Ça forge le caractère, ça forge la vie. C'est comme ça être adulte, faire face, laisse les morts où ils sont. Des gens sont tués tous les jours. Tous les jours tu m'entends… »

Il fit une nouvelle pause. Il reprit en marmonnant, chuchotant presque.

« Des gens meurent, de vieillesse, dans des accidents, de maladies, sont assassinés, victimes d'homicides, involontaires ou pas, pour de bonnes raisons ou pour rien, ils meurent chez eux, dans des maisons de retraite, dans des tranchées ou dans des squats, sur la route ou sur des pistes de ski, ils meurent pour des raisons graves ou des raisons futiles, parce qu'il y a de l'argent, de la misère, de la pauvreté, de la haine, de la jalousie, parce qu'il y a des cigarettes, des femmes, de l'alcool, des armes ou de la drogue, à cause de la bêtise ou de la faute à pas de chance parce que les hommes sont des hommes, il y a alors des pompiers, des enquêtes, des policiers, des avocats, des juges, des silences, des cris et parfois de la prison ou des suicides. Parfois, cela suscite de l'émotion, des articles, des reportages, des commentaires, des débats publics ou politiques, des lois ou un simple avis de décès dans une rubrique nécrologique dans un journal que personne ne lit, on regarde la photo quand il y en a une, on lit les mots, toujours les mêmes, cette peine sincère ou simulée, convenue ou maîtrisée, ces regrets souvent éternels, parfois minimalistes, ridicules ou émouvants, on découvre ces familles qui se retrouvent ou qui se découvrent sur du papier, réunies par ces quelques mots. Des lignes sobres, à travers lesquelles il faut lire pour comprendre le mort et les vivants qu'il laisse derrière, ceux qu'ils sont, ce qu'ils pensaient de lui, des formules toutes faites, de tristesse et de surprise, de peines immenses et d'hypocrisie, les mêmes que l'on retrouve sur le marbre et la pierre des tombes, dans les allées des cimetières. Parfois, ce sont des étrangers. Quelquefois, des proches. Souvent, ni l'un ni l'autre. Ce sont des noms et des prénoms, des inconnus, des gens qui ne veulent rien dire. Ce sont toujours des morts, ils n'existent plus, sinon à travers nos mémoires et nos souvenirs, et notre volonté. Ils ne sont plus vivants que parce que nous le sommes, parce que nous le voulons, ils existent encore grâce à nous et seulement à travers nous, eux ne sont plus, plus de corps, plus de pensées, d'esprits, plus d'âmes, plus de chairs, ils ne sont là que si nous souhaitons qu'ils le soient, ce sont des fantômes, rien de plus, des spectres que nous entretenons, par peur, par solitude, par habitude, par nostalgie, par honte, des fragments de regrets, d'amour, de haine, de vide, d'imagination, de photos et d'histoires que l'on se raconte, parce que c'est dur de lâcher, dur de se retrouver seul, c'est dur de penser que quelque chose puisse être définitif, c'est dur de se dire qu'après, il n'y a rien, parce que si c'est vraiment le cas, alors à quoi bon ? À quoi bon se battre, aimer, haïr, parler, grandir, espérer, à quoi bon ? C'est pour cela qu'il faut les laisser partir, pour être tranquilles, non pas pour eux, puisqu'ils n'existent pas d'eux-mêmes, mais pour nous, pour se libérer, pour vivre puisque c'est ce que nous, les vivants, faisons. Laisse Bertrand partir. Il est mort. C'est terminé. Il n'est plus là, ni lui, ni ce qu'il a fait. Tu n'as rien à voir là-dedans, quoi qu'il ait pu se passer, tu étais trop jeune, tu n'es ni responsable ni concerné. Et si tu penses le contraire, tu affabules. Tu t'inventes des histoires. Tu te fais du mal pour rien. Tu n'es pas aussi important que ça tu sais… Tout ne tourne pas autour de toi. Et tout ça, c'est du passé, c'est terminé, y revenir n'a aucun intérêt, ni pour toi ni pour moi ni pour personne, Bertrand est mort et enterré et ressasser ne le fera pas revenir. »

Il s'arrêta. Il continuait à regarder vers l'extérieur. Sembla vouloir reprendre. Hésita. Puis marqua une longue pause. Sa bouche était sèche, pâteuse. Elle produisait des sons malgré lui. Il essayait de se racler la gorge mais semblait avoir du mal. Sa respiration s'était accélérée, il avait besoin d'une pause. Il était épuisé. Quand j'allais le relancer, il reprit…

« Arrête Thomas. Arrête… Laisse dormir les morts. Laisse-les partir, on ne gagne jamais rien à vivre avec. Rien, crois-moi. »

« Je sais, lui dis-je, Bertrand n'est jamais parti. Il est toujours là, avec moi. »

Il tourna alors la tête dans ma direction. Son regard était vide. Je ne voyais plus qu'un cadavre. Il avait esquivé. Il avait répondu à la question à laquelle il voulait répondre, pas à celle que je lui avais posée. Mais il était coincé, dans ce lit, dans cette chambre, dans ce corps, dans cet état. Il était coincé et il le savait. Je ne lâcherais pas.

« Je ne comprends pas pourquoi tu viens me parler de tout cela maintenant. Me voir crever ne te suffit pas ? Tu penses que j'ai besoin de souffrir davantage ? Tu penses que ça va changer quelque chose. Que je suis responsable ? »

Je le voyais continuer à s'épuiser. Il cherchait à fuir. Il cherchait la mort.

« Tu me reproches quoi exactement ? Je ne t'ai rien fait moi ! Rien. »

« Donc tu te souviens !? »

« Et si c'était le cas, qu'est-ce que ça changerait ? »

« Tout. »

Il me fixait. Il me fixait, silencieux. Et j'ai compris. J'ai su, c'était fini et il le savait. Je l'ai vu aussi. Quelque chose d'indéfinissable avait changé, un cap avait été franchi. Sa vie avait une fin, et elle se comptait désormais en heures. Il fallait faire vite.

« Ce n'est pas pour la mort de Bertrand que je suis là. C'est à cause de ce qu'il m'a fait et à quoi j'ai été mêlé. Est-ce que tu t'en souviens ? Est-ce que tu sais ce dont je parle, est-ce que tu comprends pourquoi je suis venu ? Tu sais ce que je veux savoir. C'est ce qui s'est passé après qui m'intéresse. Ce qui s'est passé après et pourquoi. »

« Oui, je crois que je me souviens. »

Il était calme. Il avait abdiqué.

« Et alors ? Tu te souviens de quoi ? Qu'est-ce qui s'est passé ? »

« Je me souviens... » répéta-t-il.

Puis, le silence. J'attendais, immobile.

« Ce sont les marques qui nous ont alertés. Des marques, il y en avait partout sur ton corps. À certains endroits, la peau semblait déformée, creusée. Des traces de coups. Vives, bleues, noires, jaunes, rouges. Récentes ou pas. Les couleurs s'étiraient dans les rares espaces qui avaient été épargnés. Ton corps en était recouvert. Sur les endroits que les vêtements cachent. C'était pénible à regarder. Rien sur le visage. Peu sur les bras ou sur le bas des jambes, rien qu'on avait pu voir tout de suite. Le bas-ventre, le dos, les cuisses en étaient parsemés. Le calvaire avait duré, il n'y avait aucun doute là-dessus. Je crois me souvenir que le toit de la dépendance était en rénovation. On y effectuait des travaux, il y avait eu des fuites, il avait fallu réparer. Il y avait des outils, des bâches, le tout nécessaire à un chantier. Il y avait aussi une grande échelle métallique et un peu rouillée pour y accéder. C'était une vieille bâtisse, la toiture était haute. La tuile, de l'ardoise noire, était souvent humide, glissante, il y avait de la mousse à certains endroits. Des trous dans la toiture. J'ai pensé que c'était peut-être cela. J'ai pensé qu'il y avait eu un accident, une chute de l'échelle, ou du toit, ou des tuiles qui auraient pu se détacher, tomber parce qu'elles étaient mal fixées, ça aurait pu expliquer tes marques, certaines d'entre elles en tout cas, c'est ce que je me suis dit, j'aurais aimé que ce soit le cas, on essaie toujours de trouver des explications rationnelles, logiques, qui conviennent à ce que l'on a envie de croire, on se tourne toujours vers ce qu'il y a de plus acceptable. C'est difficile d'imaginer le pire, c'est la nature humaine. C'est difficile d'envisager ce que l'on n'imagine pas pouvoir faire. La chute, ça aurait été une explication possible, ça aurait été une explication simple et satisfaisante, pour moi, pour tout le monde, on aurait pu faire avec, avoir de simples regrets et tourner la page. Mais ce n'était pas l'explication, tu le sais bien. Ce n'était pas un accident. Je crois qu'on l'a tous su très vite. Il a fallu quelques minutes pour l'admettre. Je me souviens ensuite d'une dispute avec le reste de la famille, nous étions dans la maison, au premier étage, devant la chambre de Bertrand, c'est là que tout a eu lieu, c'est là que l'abcès a été crevé. Il a donc fallu faire face. À lui, à la vérité, face à eux, cette famille parfaite, unie, soudée, soucieuse d'elle-même, bien sous tous rapports, dont le vernis venait de craquer, irrémédiablement, de la pire des manières. Il a fallu leur faire face et qu'ils fassent de même. Nous étions coincés, coincés ensemble dans ce que personne n'avait envie d'affronter, nous étions ensemble alors que nous ne voulions plus l'être, nous étions condamnés à être ensemble alors que tout le monde voulait s'enfuir. Je me souviens du choc. Je me souviens ne pas avoir compris. J'avais l'impression que le sol se dérobait sous mes pieds. J'ai eu peur de tout perdre, toi et eux. J'ai craint que ma vie n'explose. Je me souviens ne pas y croire. Ne pas vouloir, je me souviens avoir pensé qu'il suffirait peut-être de tourner les talons, de refuser cette situation pour qu'elle n'ait jamais eu lieu, pour qu'elle disparaisse d'elle-même, pour transformer la réalité. Je me disais que ce n'était pas possible, que c'était un mauvais rêve. Que ça allait juste s'arrêter. Mais ce n'était pas simple. Ce n'est jamais si simple. J'étais aux premières loges, et ça, je n'y pouvais rien. J'étais impliqué, que je le veuille ou non. Je me souviens que l'on n'arrivait pas à savoir la vérité, qu'il y a eu des cris, des menaces, des accusations, des dénégations, c'était violent, je me souviens que Bertrand ne disait rien, qu'il ne voulait pas raconter, puis qu'il réfutait une à une chaque preuve, chaque accusation, un à un chaque indice, il refusait d'admettre, d'avouer, de nous libérer, de se libérer, que nous puissions passer à autre chose, ensemble puisque désormais, nous étions prisonniers du drame et les uns des autres. Il était la clé, sans lui, impossible de trouver une solution, de sortir de cette situation, je me souviens avoir menacé de partir, de tout planter là, de les laisser se démerder, que j'allais tout balancer, qu'ils s'arrangent avec la police, avec les juges, avec les gardiens de prison. Personne n'a lâché. Personne, ni Bertrand, ni eux. Ils faisaient bloc. Leur haine, leurs rancœurs réciproques avaient disparu. Le drame avait créé un monstre, et l'adversité, une famille. Il faut me croire si je te dis que je n'ai jamais eu le fin mot de l'histoire, si je te dis que je ne sais vraiment pas ce qui s'est passé dans les jours ou les semaines qui ont suivi, le reste de cet été-là, que les explications sur la nature des événements n'étaient pas claires, pas précises. Il faut me croire quand je te dis que je ne sais plus comment tout cela a été possible, comment cela s'est terminé. Je ne sais pas, je ne sais plus, vraiment. La maison était isolée, leur famille était soudée, ils ont serré les rangs. J'ai compris qu'ils ne lâcheraient pas l'un des leurs. Il y a eu une crise, des cris, des pleurs, des suppliques, puis il y a eu du silence, beaucoup de silence, mais il y avait autre chose plus fort que tout cela, plus urgent que tout cela, il y avait la réalité, le principe de réalité, et quoi qu'il ait pu se passer, ça ne pouvait pas tout détruire, ça ne pouvait pas tout mettre à bas. Alors il y a eu des discussions, des négociations, des arrangements, des solutions ont été trouvées, il a fallu s'asseoir autour de la grande table, une réunion de famille, un soir, dans la salle à manger, il a fallu que tout le monde soit là, au rez-de-chaussée de cette grande maison, dans cette pièce réservée pour les fêtes, les grandes occasions ou les drames. Une réunion de famille, comme pour trouver des solutions, signer un armistice, pour mettre fin à une guerre, avant qu'elle n'éclate. Il y a eu des propositions, des refus, des évidences, il a fallu trouver les mots, des dénominateurs communs, que tout soit acceptable pour tous, et tant pis pour toi, je n'avais plus mon mot à dire, tu étais le vaincu, la victime, tant pis pour les coups, les marques, le calvaire et ce que tu avais peut-être enduré, tu n'avais plus rien à faire là, il fallait se débarrasser de toi et de toute cette histoire, c'était la seule façon que nous puissions tous nous en sortir, nous n'avions pas le choix, nous étions coincés par les événements, par la vie et par nous-mêmes, nous le savions tous, et à ce moment précis, la seule chose importante était que tout le monde l'accepte, que rien ne fuite, ni maintenant, ni jamais, alors nous fîmes ce qu'il fallait, je crois que c'est ce que nous fîmes, ce qu'il fallait à ce moment-là, il y eut les promesses, des échanges de promesses, il fallait s'engager, jurer, menacer, demander des engagements oraux, il fallait prononcer les mots, les dire, encore, il y eut des cris et des larmes et d'autres cris, et d'autres larmes, il fallait accepter, il fallait que les choses soient claires, pour tout le monde, clairement établies pour rassurer les uns et donner aux autres des assurances, les garanties qu'ils demandaient. Il fallait éviter le scandale et la honte. Il fallait préserver les vivants, le nom de famille. Il a fallu rappeler ce qu'était une famille, pourquoi c'était tout, et pourquoi sans elle chacun n'était rien. Il a fallu rappeler le clan et l'argent et tout ce que tout le monde devait, ce que chacun devait, ce que tous avaient fait pour les autres, recréer du lien, un lien, aussi pourri soit-il, il fallait être forts, il fallait de la confiance, de la contrainte, de la discipline et des engagements, le premier desquels devait être le silence. Et avec le silence vient l'oubli. »

« La salle à manger s'est vidée. Les portes se sont refermées. Les voix se sont tues. Le tumulte et l'été sont passés. Il y a eu les courses à faire, les repas à préparer, le bois à couper, le potager à désherber, l'étang à vider, s'occuper des carpes, il a fallu penser à la suite. Les années ont filé. Les grands-parents sont morts. La maison a été vendue. Et nous, nous sommes toujours là. Comme le silence et l'oubli. Le reste s'est dissipé. Ce dont je me souviens encore clairement, c'est de la date de la mort, c'était en 1984, ça, je m'en souviens. Je me souviens aussi de la déflagration. Tu avais treize ans. »

« Mais tu n'as rien dit, tu n'as pas protesté ? Tu ne t'es pas battu ? Tu n'as rien fait ? Nous sommes restés dans la maison jusqu'à la fin des grandes vacances ? Que s'est-il passé le lendemain ? »

« Je ne m'en souviens plus. Il ne s'est rien passé le lendemain. Ce qui devait être fait l'a été. Puis rien. La vie a repris. D'abord au ralenti, en silence, en gênes, par à-coups, puis elle a juste repris. Le quotidien est très fort pour effacer la vie. »

« Pourquoi es-tu resté ? Pourquoi ? Pourquoi ne pas être parti ? »

« Tu ne peux pas comprendre. Il fallait qu'on se protège. Il fallait trouver le meilleur équilibre possible. Il n'y avait pas moyen de bien s'en sortir. Il y avait toi. Tu n'as rien raconté. Tu as gardé le secret. Si tu avais parlé, les choses se seraient peut-être passées autrement… »

« C'est donc ma faute. Je suis responsable de ce que j'ai vu, de ce que j'ai vécu et du silence après… »

« Ce n'est pas ce que je dis. Mais peut-être aussi, d'une certaine manière. Ta vie serait différente. La mienne l'aurait sûrement été aussi. Mais sans preuves, sans récit, sans témoin… Qu'est-ce qu'il aurait fallu que je fasse ? Que je dénonce tout le monde ? Que je trahisse ? Que je frappe, que je tue ? Que je foute ma vie en l'air ? Qu'il y ait une enquête, un procès, de la prison, que cette famille, qui était devenue la mienne, vole en éclats ? Que je sois aussi responsable de cela, en plus du reste ? Peut-être aurais-je dû prendre ce chemin-là, peut-être. Je ne le saurai jamais, parce que ce n'est pas la route que j'ai prise. J'avais recommencé une vie, loin de toi, loin de ta mère et de mes échecs, j'avais des projets, des ambitions, j'avais une nouvelle famille, elle m'avait adopté, malgré mon parcours, malgré mon passé, malgré toi, je commençais à m'en sortir, je ne pouvais pas renoncer à tout. Pas à ce moment-là. Pas encore. Le calcul n'était pas si compliqué que ça, à l'époque, c'était le bon choix, même si ce n'était pas le *bon* choix, le choix moral. Mais tu sais, la morale, c'est pour les pénitents, pour les redresseurs de torts, pour les juges ou les curés. Ce n'est pas pour ceux qui s'accrochent, qui doivent se battre, chaque jour, pour une petite part de gâteau, pour une petite place au soleil. La morale est faite pour eux, la morale est faite par ceux qui ne veulent pas partager, ceux qui n'ont pas à s'arranger, à négocier, ceux pour qui les concessions n'existent pas. La morale, c'est pour les riches, c'est celle des riches. Pour nous autres, la seule morale, c'est de survivre. Alors c'est ce que j'ai fait. J'ai survécu. Toutes les solutions étaient mauvaises. Il n'y avait pas de bon choix… Le silence était le moins pire, quelles que soient les conséquences. Le silence était quelque chose de normal à l'époque. Le rapport à la souffrance n'était pas le même. La douleur et les épreuves et le silence faisaient partie de la vie. C'était comme ça. On ne s'apitoyait pas. On apprenait à vivre avec les regrets, les doutes, la douleur et l'oubli. Même quand il n'y avait pas d'oubli. Surtout quand il n'y en avait pas. On fermait sa gueule. Ce qui se passait en famille, personne n'en faisait la publicité. C'était le déshonneur et le désaveu assurés. Quand on est fort, on ferme sa gueule. Quand on est faible aussi. Et nous nous y sommes tenus. L'histoire a disparu. Son fantôme aussi. Son fantôme aussi… »

L'enfant blessé n'avait jamais disparu. Il s'était réfugié auprès de moi et m'avait hanté depuis. J'ai vécu avec. C'est devenu un compagnon de route. Il a déteint sur moi. Il m'a rendu plus fort. Il m'a rendu plus faible, il m'a porté et beaucoup empêché. Je le vois parfois dans mes réactions, dans ce que je suis, dans l'homme, le père, l'amant que je suis devenu, dans la vie que j'ai menée, dans mon rapport aux autres et dans ce qui me terrorise. Il a façonné mon quotidien et mes failles. M'a consumé, a nourri les doutes et les craintes, m'a donné des excuses et des réponses toutes faites, a justifié mes travers et mes faiblesses et ma médiocrité, parfois, souvent. Il m'a conduit jusqu'ici, au centre hospitalier de Remiremont, derrière cette porte bleue, cette chambre, devant lui, plus tout à fait homme, presque cadavre, devant ce corps, devant ce qu'il en reste. Je le regarde. Je vois la vie l'abandonner, doucement quitter son corps, comme vient de le faire son dernier secret. Il divague, peut-être est-il soulagé, moi qui voulais le voir crever, je m'aperçois que je viens de le confesser. Il va pouvoir partir en paix.

Soixante-deux kilos. C'est le poids moyen d'un adolescent de seize ans. Soixante-deux kilos, c'est aussi, en moyenne, le poids d'un lave-linge d'une capacité de lavage de sept à huit kilos. Soixante-deux kilos, c'est ce que j'avais sur le dos quand il se masturbait en se frottant sur moi. Soixante-deux kilos d'os et de chair tendue. Soixante-deux kilos d'efforts et de pression. Qui paralysent et qui écrasent. Soixante-deux kilos de râle, de souffle court, d'haleine rance, de bruit que l'on ne comprend pas et d'insultes susurrées à l'oreille. Il n'y a jamais eu de pénétration. Du moins pas dont je me souvienne.

Puisque je me souviens de tout. Comme de son sperme blanc, chaud et crémeux que je devais aller enlever du haut de mes fesses quand il avait terminé. Soixante-deux kilos. Et quelques dixièmes de grammes en moins. Même à six ans, ce sont des choses que l'on n'oublie pas.

Il s'appelait Bertrand. Il avait quinze ou seize ans. Il était grand. Il était en lycée agricole. Il aimait bien en parler, raconter ses journées de foin et de boue et de bêtes et de bouses et de moissonneuse-batteuse. Je me souviens qu'il avait de gros biceps. Qu'il aimait les montrer. Qu'il portait de petites lunettes, une monture simple, ovale et argentée. Pour moi il était grand. Je ne sais pas s'il l'était vraiment. C'était le beau-frère de mon père, le frère de ma belle-mère, sa nouvelle compagne, le fils de ceux que je considérais comme mes grands-parents adoptifs, c'est comme cela que l'on me les avait présentés. C'était ma nouvelle famille, une extension de ceux que je connaissais déjà, traditionnelle, catholique. Bertrand était l'unique garçon des trois enfants de la fratrie. Il avait deux grandes sœurs, ma belle-mère, qui était l'aînée. Et une autre, elle aussi était un peu plus âgée que lui. Depuis la séparation de mes parents, chaque été, nous allions passer quelques semaines dans leur maison. L'une de ces demeures bourgeoises belles et austères que l'on trouve dans l'est de la France. Les pièces étaient vastes. Les meubles anciens et précieux. Pour moi, elle ressemblait à un château.

Mon père était sûrement là, ce soir-là. Et probablement aussi une bonne partie des autres soirs et des autres jours. Je ne sais plus vraiment. Je ne sais plus comment s'écoulait le temps en dehors de ces moments d'été. Je ne me souviens que de ça, ces sessions, ça, je m'en souviens, elles n'ont jamais disparu, elles sont là, comme la honte, la douleur, l'angoisse, celle qui prend le ventre, qui le tord, un coup de poing permanent, une douleur incessante aux tripes, la nausée, l'envie de vomir, de mourir, le moindre bruit qui fait sursauter, les silences qui glacent, parce qu'ils ne durent pas. Je me souviens de la peur, un décompte vers l'abîme, parce qu'elle n'empêche rien et qu'elle est douloureuse. C'est un coup invisible et permanent. Un coup qui dure. L'attente est une torture lente. À force, on en vient presque à avoir hâte d'être frappé pour de vrai. Je ne me souviens pas de grand-chose, sauf de cette frayeur et de l'impuissance. Le temps d'attente était une période de brouillard. Une respiration dans le vide. Ce n'était rien, rien d'autre que des minutes qui défilaient, lentement et sûrement et qui implacablement, inexorablement, m'emmenaient vers mon prochain calvaire. C'était juste une parenthèse. Une respiration avant que ça ne recommence. C'était pour me garder vivant. Me garder alerte. Me terroriser jusqu'à l'épuisement. Que je fasse de la terreur ma compagne, que je puisse comprendre ce qu'était la douleur. Et que je finisse par l'attendre comme une délivrance.

Je me souviens aussi de la fin. Le grand lustre avait été allumé. La lumière était trop forte. J'étais aveuglé. J'avais les yeux embués. Mes larmes formaient des miroirs déformants. Je ne voyais pas grand-chose. Je distinguais à peine les formes. Elles se mouvaient, furtives, imprévisibles, autour du lit dans lequel j'étais encore allongé. Probablement en position fœtale, je ne sais plus. Mais quelle importance ? À ce stade, quelle importance est-ce que ma position dans ce lit ce soir-là peut avoir ? Aucune. L'une de ces ombres s'est approchée de moi. Je l'ai vue avancer. J'ai eu peur. J'ai crié. J'ai cru que c'était Bertrand. Qu'il revenait, qu'il n'avait pas terminé, que j'avais encore perdu et que ça allait recommencer. C'était mon père. « Calme-toi », m'a-t-il dit. « Calme-toi… Tout va bien maintenant. Tout va bien… » Je me souviens de ses mots, de sa main sur ma tête, de son odeur, ce parfum acide et sucré, son haleine délicatement avinée et sa douce transpiration, je me souviens aussi de mes sanglots. Et des discussions d'adultes. Juste à côté, juste devant la chambre de Bertrand. À quelques mètres de l'endroit où j'avais craqué, où j'avais vomi, où j'avais dû tout raconter, tout expliquer, la faim coupée, les repas sautés, les traces de violences quelques minutes plus tôt, usé par les coups, les brimades les abus et les humiliations. Il y avait du bruit, du tumulte. J'entendais les voix. Dont celle de Bertrand. Il s'expliquait, il démentait, il donnait sa version des faits. Je ne comprenais pas tout. Je n'entendais pas tout. La porte était fermée. Ma tête, à moitié enfouie sous l'oreiller et la couverture. Les mots étaient coupés, entrecoupés, les phrases distendues, interrompues, d'autres voix résonnaient. C'était une confrontation. Des questions, des accusations et des réponses, véhémentes, sèches, rien qui ne ressemble à une confession, encore moins à une contrition ou à une capitulation. C'était un tribunal d'ombres, un procès qui se jouait sans moi, victime présumée, susceptible, à tout moment, de devenir un coupable désigné. Le petit menteur. L'affabulateur. Et je ne pouvais rien faire ou dire. Paralysé par la peur, les pleurs et la douleur. Ce bruit m'échappait. Il m'étourdissait et me terrorisait. Il résonnait encore quand mon père est entré dans la chambre. Quand il a mis sa main sur ma tête. Quand j'ai senti son parfum, son haleine et sa transpiration et qu'il m'a dit que c'était terminé, que tout allait bien et qu'il fallait me calmer. Qu'il fallait me calmer… Je n'ai aucun souvenir d'où j'ai dormi ce soir-là. Ou du matin suivant.

J'ai été abusé sexuellement pendant quelques jours ou quelques semaines. Je ne sais plus très bien. C'était les grandes vacances. C'était pendant l'été. Un moment de détente, où chacun profite de soi, des autres, de plus de liberté, où les enfants sont moins surveillés, moins encadrés, où on les laisse grandir, un peu à l'écart, qu'ils se fassent leurs propres expériences, qu'ils se confrontent doucement à la vie, un moment d'expérimentation, d'oubli, où les règles se diluent, le quotidien et les dangers disparaissent, une parenthèse de flou, de vague, un temps pour souffler, pour vivre autrement, apprendre autrement, sans les règles et les contraintes et tout ce qui enferme le reste de l'année. Je ne sais plus comment tout cela avait commencé, si c'était venu d'un coup ou si ça avait été un processus, lent et pernicieux, un viol à petit feu. Difficile de dire comment nous en étions arrivés là. Moi à être agressé, lui à m'agresser. Mais c'était comme ça. C'était devenu un rituel. Un acte froid, implacable, immuable, inévitable. Toujours le même. Le soir, il se branlait sur moi. Il se servait de moi comme d'un coussin, d'un matelas, d'une poupée gonflable, pour se branler, en frottant son grand corps contre le mien, en écrasant mon corps avec le sien. Son sexe tendu et dur sur le haut de mes fesses. Ce n'était pas douloureux. C'était inconfortable. Il fallait juste penser à tourner suffisamment la tête pour pouvoir respirer, pour ne pas étouffer. Il me maintenait, quelques minutes. Je ne savais pas quoi faire pendant ce temps-là. Pas s'il fallait que je bouge ou que je reste immobile, pas si je devais rester silencieux ou si je devais faire du bruit. Alors je demeurais inerte. Je ne pouvais rien faire d'autre que de me laisser dominer. J'étais à sa merci avec comme seuls alliés le temps et son degré d'excitation. Je ne savais pas pourquoi. Pourquoi je me retrouvais là, sous lui, comment j'en étais arrivé là, à lui servir de paillasson, d'objet, d'objet sexuel. Je ne comprenais pas ce qu'il faisait. Ce que cela voulait dire. Si c'était normal, si c'était provisoire. Si cela allait durer, si cela allait devenir mon quotidien. Comment ça allait s'arrêter. Ou quand. J'avais l'impression que ça ne s'arrêterait jamais. J'avais l'impression que ça ne finissait jamais. La souffrance, dirait-on, aime à durer. Même si, à seize ans, les garçons éjaculent généralement assez rapidement. Ils rechargent aussi assez vite.

J'allais toujours me coucher en premier. Après le repas, je montais à l'étage pour me brosser les dents. J'étais déjà en pyjama. Je me souviens encore du bruit distinctif, un petit cliquetis, que faisait l'interrupteur de la salle de bains rose. Une vieille salle de bains, aménagée dans un couloir, une salle d'eau exiguë comme il en existait au siècle dernier. Puis j'allais me mettre au lit. Mon lit, celui que l'on m'avait attribué, était le plus proche de la porte d'entrée de la chambre. Celui de Bertrand était à côté, placé, à quelques mètres, de manière parallèle au mien et plus proche de la fenêtre. Il y avait d'autres meubles dans cette chambre, un petit lavabo aussi, héritage des habitudes d'antan, mais je ne me souviens pas très bien de la façon dont ils étaient disposés. Il y avait un bureau face au lit de Bertrand pas très loin de la fenêtre. Peut-être y avait-il aussi des étagères. Ce dont je me souviens, c'était d'une photo qu'il aimait me montrer. Une photo punaisée au mur entre les deux lits. Une photo de sa classe ou de son lycée. Une photo en noir et blanc, je n'en suis pas certain. Je crois qu'elle était en noir et blanc. Des ados y prenaient la pose. Certains souriaient. D'autres non. Il y avait trois ou quatre rangées d'élèves. On y voyait Bertrand, avec ses lunettes, ses bras croisés, son visage impassible. Dans mon souvenir, il était au dernier rang. On le distinguait à peine. Une photo comme des milliers d'autres prises chaque année dans tous les établissements scolaires de France. Mais il aimait me montrer une fille. C'était sa copine, disait-il. Quand il parlait d'elle, son visage s'illuminait, il n'était plus le même, il y avait du bonheur et de la fierté dans ses yeux et dans ses expressions. Je me souviens lui avoir dit qu'elle était belle. Pas seulement pour lui être agréable et pour tenter de susciter un peu de compassion, pour tenter de créer un lien et d'éviter d'être malmené. Non, cette fille, je la trouvais réellement jolie. Trop pour lui, avais-je pensé. Je n'arrivais pas à les imaginer ensemble. Elle non plus ne souriait pas sur la photo. Mais son visage se démarquait. Elle avait des traits fins et réguliers. De longs cheveux. Je n'ai évidemment jamais su si elle était vraiment sa copine. Il pouvait bien me raconter ce qu'il voulait, c'est avec le recul que j'écris cela, je ne pense pas y avoir trop réfléchi à l'époque. Sur la photo, ils n'étaient pas l'un à côté de l'autre. Lorsqu'il se masturbait sur moi, lorsqu'il écrasait mon dos, mes côtes et mes fesses de ses petits mouvements secs, violents, parfois, il murmurait son prénom. Un murmure étouffé. Elle s'appelait Nathalie. Je me demandais ce qu'elle ferait à ma place. Et ce qu'elle ferait si elle savait que j'étais à la sienne.

Les abus sexuels n'étaient pas systématiques. Mais ils commençaient toujours de la même manière. J'étais au lit. La lumière était éteinte. J'entendais les pas de Bertrand dans les escaliers. Ils étaient lents. De plus en plus perceptibles. J'entendais son silence. Je savais qu'il arrivait. Je savais qu'il savait que je savais qu'il arrivait. Parfois, il attendait un peu avant d'entrer dans la chambre. Peut-être pour me faire peur. Peut-être pour s'assurer que nous étions seuls à l'étage. Que notre secret ne s'ébruiterait pas. J'entendais la poignée tourner, doucement, j'avais appris à reconnaître chaque cliquetis, chaque crissement, et à savoir quand, précisément, la porte s'ouvrirait. Puis la porte s'entrouvrait, au ralenti, en grinçant discrètement. Les yeux fermés, je devinais le changement de luminosité. D'abord, à cause de la lumière du couloir qui d'un coup s'imposait dans mes ténèbres. Puis, avec le bruit métallique de l'interrupteur qui faisait disparaître la pénombre, et le doute. Dans cette maison, ce n'était pas du noir qu'il fallait avoir peur. Mais de la lumière. Je plissais brièvement les yeux, trahissant ainsi mon éveil, essayant de fuir les secondes qui arrivaient. En vain. Il fallait d'abord que je sorte de mon lit. Doucement, sans faire de bruit. Sans réveiller le vieux parquet en bois. Puis je devais ouvrir la grande fenêtre de la chambre. Entièrement. Je sentais l'air de la nuit s'engouffrer dans la pièce et la température chuter. Dehors, c'étaient les ténèbres. La noirceur et la froideur. Dedans, c'était l'enfer. Je devais ensuite retirer mon pyjama, me déshabiller. Et je devais me tenir nu, immobile, debout, à la merci de l'air vif, dos à la forêt, dos à la nuit, face à la chambre et à ce qui m'attendait. Je devais me tenir bras et jambes écartés. Je ne devais bouger sous aucun prétexte. Un mouvement valait un coup. Puis, Bertrand s'approchait. Il se mettait torse nu. Alors, quand il me le demandait, je devais lui donner des coups de poing dans le ventre. Je devais frapper de toutes mes forces, le plus fort possible. Plus fort encore. À plusieurs reprises. C'était sa façon de me montrer la dureté de ses abdominaux. Sa façon de me montrer sa force. Et son emprise. Une façon de me faire comprendre que je ne pouvais plus rien faire. Que c'était lui le plus fort. Que j'étais fait comme un rat. Son rat. Son jouet. Je détestais cela. Bien sûr, il me rendait coup pour coup. J'avais interdiction de crier. Interdiction de pleurer. Je n'émettais aucun son. J'encaissais. Je ravalais mes sanglots. Ce n'était que les matins suivants que je regardais quelles formes et quelles couleurs avaient sur mon ventre les traces des coups de la veille. J'avais pris l'habitude de les compter.

Une fois qu'il avait joui, il fallait attendre un peu. Le temps qu'il remette son slip. Il me parlait parfois, comme on parle à un ami, comme si de rien n'était, comme si rien ne s'était passé. Il me racontait sa vie, ses journées, m'expliquait des choses, importantes ou anodines. Il me racontait ses histoires, des histoires dans lesquelles il avait toujours le beau rôle. Il évoquait souvent Nathalie, elle lui manquait, il ne la voyait pas autant qu'il aurait souhaité, je ne sais plus pour quelle raison. Comme elle était douce, comme elle était drôle. Intelligente aussi et elle aimait les animaux. Elle ferait une agricultrice engagée, une fiancée hors pair, une femme parfaite. Bien sûr, certains garçons étaient jaloux de leur histoire, mais ça lui plaisait, il savait qu'il avait de la chance. Nos conversations n'étaient jamais longues. Ses monologues ne duraient pas. Il fallait dormir. Avant cela, il n'oubliait jamais non plus de me rappeler au secret. De me rappeler que de ce qui se passait dans cette chambre, de ce qu'il me faisait, de ce que je subissais, il ne fallait rien dire, sinon, il y aurait des conséquences, évidemment qu'il y aurait des conséquences, un prix à payer. Les coups pleuvraient. Je promettais de tenir ma langue, presque complice. Je promettais de garder le secret, de le protéger, de nous protéger. Puis je me levais, encore nu, j'humidifiais une petite serviette de toilette grâce au lavabo qui se trouvait dans la chambre. Et je nettoyais le liquide séminal, qui avait un peu coulé et que j'apprenais à découvrir. Une partie de la substance avait séché. Une fine pellicule recouvrait ma peau par endroits. De fines paillettes de sperme que j'essuyais lentement, méthodiquement, de manière appliquée, pour ne pas faire de tache sur le sol. Je me demandais comment cela était possible. Ce qu'était ce liquide blanc et visqueux et comment il se fabriquait. Puis je me rhabillais, je remettais alors mon pyjama. Je regagnais mon lit. Si c'était terminé, j'avais le droit d'éteindre la lumière et de m'endormir. Et c'est ce que je faisais.

Deux ans ont passé depuis les coups, les bleus et les sévices. Deux ans ont passé et tout a disparu. Les marques sur la peau, l'émoi qu'elles ont causé et le souvenir de tout cela. Deux ans de silences abrégés par une fête. Mon père épousait la sœur de Bertrand. J'avais huit ans. Un mariage dans le sud de la France, dans un immense jardin de pins parasols, au pied de la Sainte-Baume, loin des Vosges et de ses secrets. Un mariage avec les familles, les amis et des inconnus, vestiges de vies d'avant, invités on ne sait pourquoi et qui semblent eux aussi se demander ce qu'ils font là. Une fête où des gens sourient, maugréent, apprennent à se connaître, où d'autres restent dans leur coin. Un mariage avec de belles robes, de belles tables, des petits fours et de l'alcool. Des invités qui boivent trop, qui parlent trop, qui dansent trop et des enfants qui courent partout. Bertrand était là. Loin des vaches et de son univers. Il avait l'air perdu. Il errait, engoncé dans un costume en velours vert, une cravate mal nouée à son cou, entre la salle à manger, la piste de danse et la piscine extérieure. On lui avait demandé de surveiller les enfants. Nous étions une dizaine à courir autour du bassin. À l'un d'entre eux, particulièrement agité, il dit ceci : « Tu te calmes, ou c'est moi qui vais te calmer. » Ses mots jetèrent un froid. Les enfants se figèrent. J'étais là, témoin de la scène, immobile, comme les autres. Puis, en me pointant du doigt, il ajouta : « Tu peux lui demander à lui, il en sait quelque chose. » Le gamin, un grand roux que je ne connaissais pas, me fixa et partit en courant.

Je n'ai ressenti aucun soulagement quand Bertrand est mort. Aucune joie. Aucun plaisir. Aucune satisfaction. J'ai brièvement pensé que c'était bien fait pour sa gueule. Et puis je m'en suis voulu. J'avais treize ans. Je me suis demandé si cette mort précoce avait quelque chose à voir avec ce qu'il m'avait fait subir. Je me suis demandé si j'aurais aimé que ce soit le cas. Puis je suis passé à autre chose. Parce qu'on passe toujours à autre chose, que c'est comme ça et que c'est la vie. Et que de toute façon, je n'y pouvais strictement rien et que si j'y avais pu quelque chose, ça n'aurait rien changé. Il était sur la route, il était au volant, il roulait, accompagné par un ami. Une pierre avait percuté le pare-brise de son véhicule. Il s'était brisé. Il y avait eu une première légère embardée, mais Bertrand n'avait pas perdu le contrôle de sa Renault 4 grise. Il avait été légèrement blessé, des coupures superficielles, des éclats de verre s'étaient répandus un peu partout dans l'habitacle, sur le plastique du tableau de bord, sur les sièges et sur les tapis de sol. Sa chemise en avait été recouverte. Alors qu'il les retirait, délicatement, pour ne pas se blesser davantage, mais sans s'arrêter, sans se ranger sur le bas-côté, son niveau d'attention avait baissé, il ne regardait plus la route, ou plus assez, ou plus comme il aurait fallu, sa voiture s'était légèrement déportée sur la voie de gauche. Il n'avait pas vu le camion arriver en face et en sens inverse sur cette départementale légèrement courbée, il n'avait pas vu les appels de phares du chauffeur routier, ni son visage, paniqué, dans sa cabine surélevée, il n'avait pas entendu le klaxon résonner, les pneus crisser. Il n'avait pas eu le temps de réaliser, pas le temps de suffisamment tourner son volant, pas le temps d'éviter le poids lourd. Le côté gauche de la Renault était passé sous le trente-trois tonnes. Il n'avait probablement même pas senti l'impact. L'autre personne, présente dans le véhicule avec lui, avait été grièvement blessée. Elle avait passé du temps à l'hôpital. Puis elle s'était remise sur pied. Quand elle le put, elle raconta le caillou, le pare-brise brisé, les éclats de verre, la 4L qui se déporte, le camion en face et le choc imparable. Il avait été violent, définitif. Le chauffeur, choqué, avait été hospitalisé, puis interpellé, une enquête avait eu lieu. Puis l'affaire avait été classée. Les journaux locaux en avaient fait un entrefilet. Un drame de la route, une famille de la région endeuillée, la mort d'un jeune est toujours une catastrophe, voilà, en substance, ce qui en avait été écrit. C'est ce que j'avais entendu dire de cet accident. Je me souviens aussi avoir entendu dire que Bertrand n'avait pas souffert. « Au moins ça », disaient les adultes. Et je me souviens avoir pensé que ça avait l'air important, pour eux, qu'il n'ait pas souffert. Pas pour moi. J'aurais aimé qu'il souffre. Qu'il souffre et qu'il comprenne.

Ce texte, je ne l'ai pas écrit, je l'ai vomi. Ces mots, je ne les ai pas couchés sur le papier, je les ai dégueulés. Je veux les enfermer dans ces pages, qu'ils n'en ressortent plus, qu'ils servent de tombe à la douleur, aux humiliations et aux sévices. Je ne veux plus les relire, je ne veux plus les voir ni les entendre. Jamais. J'espère qu'ils serviront à ceux qui n'ont pas encore pu parler, à ceux qui ont vécu enfermés dans les secrets et la honte et la haine. C'est pour cela qu'ils sont écrits, pour encourager la parole, sa libération et la confrontation. Ces mots n'ont rien changé à mon passé. Ce que j'ai vécu m'a rendu plus fort. Ils en sont l'irrémédiable preuve.

À qui parler ? Comment partager un tel texte, des mots comme ceux que vous venez de lire, les témoins d'une souffrance et d'une vie ? À qui faire confiance ? Comment, quand on a vécu une grande partie de sa vie sans pouvoir en accorder à qui que ce soit ? Il a fallu toute la délicatesse, l'humanité et l'écoute de Christophe Bataille et de Madeleine Thompson pour que j'y arrive. Et pour cela, je veux les remercier chaleureusement. Je veux aussi remercier Olivier Nora et l'ensemble des équipes des éditions Grasset pour leur travail, leur soutien et leur sourire.

Cet ouvrage a été imprimé sur Roto-Page
par l'Imprimerie Floch à Mayenne en février 2025
pour le compte des Éditions Grasset
61, rue des Saints-Pères, 75006 Paris
info@grasset.fr

Mise en pages
PCA 44400 Rezé

PAPIER CERTIFIÉ

Grasset s'engage pour l'environnement en réduisant l'empreinte carbone de ses livres. Celle de cet exemplaire est de :
200 g éq. CO_2
Rendez-vous sur www.grasset-durable.fr

N° d'édition : 23523 – N° d'impression : 106121
Dépôt légal : mars 2025
Imprimé en France